刘睿\著

埋成熟的分界线，
式进入
单程车票。
的成熟，

割线。

写给自己看

》我们的青春
那年的
愿望当初的梦想

吉林大学
出版社

图书在版编目（CIP）数据

写给自己看 / 刘睿著. —长春：吉林大学出版社，
2018.1 （2021.1重印）
　ISBN 978-7-5692-1859-6

　Ⅰ.①写… Ⅱ.①刘… Ⅲ.①散文集—中国—当代
Ⅳ.①I267

中国版本图书馆CIP数据核字(2018)第045713号

书　　名：写给自己看
　　　　　XIE GEI ZIJI KAN

作　　者：刘　睿　著
策划编辑：黄国彬
责任编辑：马宁徽
责任校对：黄国彬
装帧设计：刘　瑜
出版发行：吉林大学出版社
社　　址：长春市人民大街4059号
邮政编码：130021
发行电话：0431-89580028/29/21
网　　址：http://www.jlup.com.cn
电子邮箱：jdcbs@jlu.edu.cn
印　　刷：北京一鑫印务有限责任公司
开　　本：145mm×210mm　1/32
印　　张：5
字　　数：12.5千字
版　　次：2018年1月　第1版
印　　次：2021年1月第2次印刷
书　　号：ISBN 978-7-5692-1859-6
定　　价：18.00元

前言

十八岁，是生理成熟的分界线，是一张带你正式进入成年人世界的单程车票。

但，或许真正的成熟，不单单依靠着这条年龄的分割线。

当我充斥着一腔热血，放肆地挥洒笔墨的时候，我以为，我已足够成熟。

当我怀揣着少年人的美好幻想，大着胆子冲进现实世界的时候，我以为，我已足够成熟。

当我自以为看破世间百态，骄傲地宣扬着自己的特立独行的时候，我以为，我已足够成熟。

当我被迎面的冷水照脸泼下，在一脖颈子的寒意中学着去反思的时候，我以为，我已足够成熟。

当我开始学会向着并不友好的现实低头，咬着牙打磨着身上的棱角的时候，我以为，我已足够成熟。

当我表现得过度谨慎，带上仅存的希望战战兢兢地朝着自己最初的目的地进发的时候，我以为，我已足够成熟。

当我开始变得有些自暴自弃，冷眼旁观这个包括我自己在内的现实世界，已经对所有不那么非黑即白的事实选择认命的时候，我以为，我已足够成熟。

　　可现在，当我真正站在这一个时间点的时候，我突然否定了自己过去的想法。

　　我开始意识到，我还没有成熟，远远没有。

　　真正的成熟，不应该是去说服别人、改变世界。

　　而是，首先要说服和改变的，是自己。

　　从前我若写上一些什么东西，或多或少，都会拿给别人去看，然后在或惊叹或惊恐的目光中洋洋得意、心满意足。但若是我的思想遭到了质疑，或者我所蕴含的深意没能被发觉或理解，我心中就会有恼羞成怒的倾向。这不是成熟的表现。

　　我也曾经一度质疑过自己，我所写过的一切作品，究竟是因为我自身的热爱，还是因为我享受着自己的思想得到他人认可的感觉？

　　写作，究竟是写给谁的呢？

　　我想了很久，很久。

　　我又写了很多，很多。

　　我意识到了，只有在全身心地投入进每一个笔画落定的瞬间之时，我才能感受到，真正的宁静。

　　我想，也许成熟，就是学会与自己交流，说服自己，相信自己。

我要重新审视我的过去。

稚嫩的，迷茫的，一步步走向结实的思想。

从以完成任务为目的的青涩，到逐渐有了自己独特的模样。

我的文字，有很多人都见证过它们的存在。

父母，老师，同学……或褒或贬，但现在对于我来说，已经不那么重要了。

因为，我想写一点东西。

写给自己看。

刘　睿

目 录 Contents

小学部分

1

中学部分

高中部分

小学部分

XIAOXUE BUFEN

假如我有一支神笔

假如，假如我有一支神笔，我先会像马良一样帮助穷苦的和受别人欺侮的人。然后，我会用这支神笔画几匹马，带着我和我的朋友在草原上奔跑。

假如，假如我有一支神笔，我要画很多很多的书本，帮我提高学习成绩。我还要画几盒橡皮泥，我要用这几盒橡皮泥捏出我最喜欢的动物和人物。

假如我有一支神笔那该多好呀！

春天在哪里

春天在哪里？春天在大自然的怀抱里。小动物们苏醒了，小草也换上了绿色的新装，小树也长出了嫩芽。

春天来了，迎春花开了，桃花和梨花争相开放，大自然到处充满生机。

春天来了，冰雪融化，小河也解冻了。鱼儿在河水里嬉戏、畅游。

俗话说："一年之计在于春。"农民伯伯把一切希望都寄托于春天，

盼望着春天能够给他们带来秋天的喜悦与收获。

我的妈妈

　　我的妈妈叫王俊青，今年三十三岁，她的职业是护士。

　　我的妈妈有一双炯炯有神的大眼睛，散发着智慧的光芒。

　　她有一头乌黑亮丽的头发，美丽极了。我觉得妈妈在唐朝正合适，呵呵，因为老师说唐朝以胖为美，我妈就是有点胖，但是我不嫌弃她，反倒觉得她可爱。在我眼里不管妈妈穿什么衣服她都是最美丽、最可爱的。我爱我的妈妈。

我的老师

我的老师叫张璐。她有一头乌黑的头发，白白的皮肤，还有一双炯炯有神的大眼睛。

她的性格活泼开朗，在学校里她既是我们的老师也是我们的好朋友，我们都很喜欢她。

虽然她在我们犯错误的时候严厉地批评我们，但是我们及时改正了错误，她也会很开心的，张老师可真是刀子嘴豆腐心。

有趣的运动会

运动会的早晨，我四点钟就出发了，可能车开慢了点，眼看要到五点二十了，终于在指定时间前到了学校。

我到学校不久，我们班就坐着王云冰爸爸借来的车去经开体育场开运动会。

"哇，这里好大呀！"到了体育场后所有人都说。开始检阅了，我好紧张呀，到我们走队啦！我们迈着整齐的步伐英姿飒爽地走过主席台。

不一会儿就开始了比赛，先开始是女子一百米的比赛，只见高佳宁风驰电掣地跑到了终点得了第一名，我们大家都为她高兴。

紧接着是张思硕跑五十米，张思硕像离弦的箭一样飞快地跑出去，到达终点，又得了第一名。

经过一天的比赛，最后我们班集体总成绩是第三名，这次运动会真有趣呀！

我自己

　　我叫刘睿，今年九岁了，是一个三年级的小学生，我最大的爱好就是看书和画画，我觉得看书就是我的生命呀，我宁可离开电视，也离不开书本。

　　我也很喜欢跳绳，有一次，我和朋友比跳绳，看谁跳得多，我们每人跳六次，结果我跳了一百六十多个，而我的朋友王云鹤只跳了六十多个，但她毫不气馁，我忍不住笑了起来。

　　我还是个爱生气的小女生，可能是因为爸妈，我们全家有一个毛病，就是经常莫名其妙的生气，这可能就是我生气的原因吧？

　　这就是我，一个爱生气爱看书的我，你愿意和我交朋友吗？

爸爸与我的谈话

升入五年级以后，我变得心不在焉，而且喜欢上电脑，作业也写得不认真。有时居然一边看电视，一边写作业。

家长会结束后，爸爸与我进行了一次谈话。爸爸严厉地指出我的错误，并提出对我的要求。我没有顶嘴，因为我认为爸爸说得非常对，我对自己的要求太松了，尤其是数学作业，错的都是一些不该错的题，不是抄错就是算错。而且，我没有理由顶嘴，因为爸爸对我非常好，爸爸为了让我写好字，就给我报了一个硬笔书法班，有时我想让爸爸给我买一些与学习无关的东西，爸爸为了培养我的兴趣和爱好也从未拒绝过。爸爸辛辛苦苦上班挣钱，不都是为了这个家，为了我吗！如果我再和爸爸对着干，那我就真是大逆不道。

为了不辜负爸爸的期望，所以我一定要好好学习，给爸爸争光。

秋思

　　洛阳城里秋风四起，住在洛阳城的张籍看到这样的景象，就想起了自己的家乡。张籍这才想起自己已经好几年没有给家里联络了，就立即决定要给家里写一封信。

　　刚好洛阳城有他的一位亲戚，而那位亲戚刚好要回乡探望，于是张籍就拜托他给自己家里捎一封信。张籍匆匆地写了一封信，但他又怕写得太快而落下什么，于是他又仔仔细细地看了一遍，才把它交到送信人的手里。送信人刚要上马，张籍突然想起，有一件事没有写，他迅速地把信要回来，再把那件事添上。刚要把信放到送信人的手里时，又想起还有一件事忘写了，立刻把信又抽了回来，再快速地添上。又想了一下确定没有遗漏的事情了，这才放心地把信交给了那位送信人，他一直看着送信人离去，直到看不见送信人的背影，张籍这才放心地回去。

　　秋风萧瑟，落叶飘零，张籍的心里百般惆怅，他非常思念故乡，但他只能用一封信表达自己的思乡之情。

快乐的一天

今天是我最快乐的一天。

早上，我们早旦地起了床，因为我们要去著名的"御龙温泉"。大约七点钟，我们就乘上车出发了。因为"御龙温泉"在双阳，距离较远，所以我们九点钟才到达那里，我们换好衣服直奔水池。啊！温泉的水真热呀，随时都能看见一缕热气从水面上升起，仿佛处在人间仙境。

接着，我们又去了游泳池。水很深，我猛踮脚尖，水都没到我的下巴，我一张嘴就呛了一口水，刚把水吐出来又呛了一口水，所以我有点害怕（这个游泳池还不如改名"呛水池"）。过了一会儿我有点适应了，可还是不敢在水里逗留，于是我以"闪电"般的速度游向对岸。（大家别误会，其实我会游泳，只是有点"害怕"）

在御龙温泉玩到下午两点，我们才出来一起去了一家饭店吃饭，那个饭店里面的饭菜很好吃，还有烤全羊，我破天荒地吃了四碗饭，等大家都吃饱后，我们就心满意足地回家了。

今天，我非常快乐。

鲸的自述

　　我就是海洋里最大的动物——鲸。

　　很多人都说大象是一种很大的动物，其实我们鲸要比象大得多，目前已知最大的鲸约有十六万公斤重，最小的也有两千公斤重。因为我们体形像鱼，所以许多人管我们叫"鲸鱼"。其实我们并不是鱼，而是水栖哺乳动物。我们分为两类：一类是须鲸，无齿，有鲸须，像长须鲸、蓝鲸、座头鲸、灰鲸等；另一类是齿鲸，有齿，无鲸须，像抹香鲸、虎鲸、独角鲸等。

　　我们跟牛羊一样用肺呼吸，这也说明我们不属于鱼类，我们的鼻孔长在脑袋顶上，呼气的时候浮出海面，从鼻孔喷出来的气形成一股水柱，就像花园里的喷泉一样，等肺里吸足了空气，再潜入水中，我们隔一定的时间必须呼吸一次。

　　我们是胎生的，幼鲸靠吃母鲸的奶长大，这些特点也说明我们是哺乳动物。但我们的繁殖能力很差，平均两年才产下一头幼鲸。由于人类的捕杀和海洋环境的污染，我们的数量已经急剧减少，所以我想对那些捕猎者说："放我们一条生路吧！"

《钓鱼的启示》读后感

今天，我们新学了一篇课文，它的名字叫《钓鱼的启示》。

读了课文，我们了解了这篇课文的大概内容：小作者在他十一岁的时候，钓到了一条大鲈鱼，可当时距离开放捕捞鲈鱼的时间还有两个小时，但父亲还是叫他把鱼放了。三四十年后，他明白了父亲为什么要这么做。

学完这篇课文，那位父亲的一句话始终烙在我的心上：道德是个简单的是与非的问题，实践起来却很难。说得多对呀！古人云："莫以善小而不为，莫以恶小而为之。"现在多少青年每一次犯罪都想："就偷一次，下次再也不偷了。"可他们总是偷完一次偷两次，偷完两次偷三次，就这样小错不改酿成大错，

最后走向了犯罪的深渊。最后在警察的警棍下走进少管所，等到了那时他们再后悔也来不及了。我又想到了我自己，爸爸妈妈对我也非常好，但也经常教育我，从小就告诉我不要随便管别人要东西，不要随便要别人给你的东西，不要随便让别人给你买东西……使我养成了从小就不要别人东西的习惯，这一点，我就非常感谢我的爸爸妈妈。

这篇课文，不仅仅是父亲告诉小作者怎么做人，也是在告诉所有的人（特别是那些儿童）怎样做人。

《落花生》读后感

今天我们学了《落花生》这篇课文。

学完这篇课文，我知道了这篇课文主要是告诉我们：做人要做有用的人，不要做只讲体面而对别人没有好处的人。说得多对呀，只要做有用的人，无论身份多么低微，他／她也是受人尊敬的；如果做对别人没有好处的人，无论身份多么高贵，他／她也是遭人唾弃的。

从古到今，我们国家出了很多有用的人，像雷锋、董存瑞……但有用的人不只是那些名人，像那些清洁工、理发师、医护人员……他们也是一些有用的人。有的同学家境不好，因父亲或母亲是清洁工，所以自卑，但我可以告诉你：你不应该自卑，而是应该骄傲，因为你的父母是伟大的清洁工。如果世界上没有清洁工，那街道将变得不堪入目。枯叶落了，谁来打扫？大雪降了，谁来清理？再说了，再低的身份也比那些顶着官职不为人民谋幸福的人强吧！更可恨的是有些人不干活也就罢了，还去贪污，害得很多人受苦受穷，不过当然他们的下场也好不到哪里去。

所以，做人就要做一个对别人、对社会都有好处的人。

文明——只差一步

一天放学的路上，小红和小刚愉快地走着，呼吸着新鲜的空气，听着鸟儿的歌声。忽然，他们看到一个垃圾桶旁堆满了垃圾，看得出来，很多人都懒得上前一步把垃圾塞到桶里。

小红看不下去了，说："小刚，我们去收拾一下吧。"但她见小刚抓着头发不知在想什么，就不等他了，自己把那些垃圾收拾起来倒进垃圾桶，发现小刚却拿出纸笔，在写什么。待她收拾完毕，才把纸贴在垃圾桶上，原来小刚写的是：文明——只差一步。

从此垃圾桶旁的垃圾越来越少了。

看完这个故事你会想：如果所有人都像他们俩这样就好了。没错！现在 21 世纪条件好了，环境却差了。如果人们都像他们俩这样，那我们的国家、世界不知要有多干净。

《地震中的父与子》续写

当地震来临时、虽然阿曼达和另外十三名同学侥幸活了下来，但也被埋到废墟下。在这伸手不见五指的地方，有的同学骂道："早知道会这样，我就不来这该死的学校了。"有的同学哭着喊着："爸爸妈妈你们在哪？快来救我啊。"阿曼达安慰他："别怕，只要我爸爸还活着就一定会来救我们的。"这时，上面掉了几颗石块，砸伤了一位同学的腿，阿曼达立即扯下自己的衣服，帮他包扎上。为了能尽快地逃出去，阿曼达指挥同学们向外挖，五分钟、十分钟、十五分钟、二十分钟……同学们满脸灰尘，手指旦都裂开了，大家只好休息一会儿，这时大家都有点饿了，阿曼达叫大家把能吃的东西都拿出来，凑到一起，再给每人分一点，因为谁也不知道还要埋在这座"地狱"里多久。这时上面传来挖掘的声音，阿曼达问："爸爸，是你吗？"上面立即有了回应……

不久，一条通道开出来了，他终于和他爸爸拥抱在一起。

我美丽的家乡

　　我的家乡在吉林省长春市，长春是一个美丽的城市，有"春城"之美誉。

　　春天，树木长得葱葱茏茏的，迎春花开了，它预示着春天的到来，桃花和杏花也争相开放，到处都飘散着花香。大街小巷都洋溢着春的气息。

　　夏天，南湖的景色非常迷人，湖面上波光粼粼，过了一会儿，乌云密布，四周也云雾迷茫，真可谓"水光潋滟晴方好，山色空蒙雨亦奇"呀！我甚至觉得长春南湖的景色一点也不比杭州西湖逊色。

　　夏天，春城的天气并不是很热，全国各地的游客都愿意到我们北方来避暑。如果您来长春游玩，一定别忘了到"净月潭"

来，这里是一个避暑休闲的好去处。"净月潭"风景秀丽，景色宜人，素有"天然森林"之称。这里的树非常多，空气很清新，又有"天然氧吧"之称。"净月潭"依山傍水，让人流连忘返。

秋天，春城的树木可不是一种颜色，红色的叶子远远望去像一堆火焰；黄色的叶子看上去就像挂满了枝头的杏和梨；金黄色的叶子像一堆堆金子，可松柏的叶子还是那么绿。秋天，春城的景色一样迷人。

冬天，白雪皑皑，一望无际。我们堆雪人，打雪仗，玩得不亦乐乎！

你说，我的家乡是不是很美呀？我爱我的家乡——长春！

快乐游玩月潭山庄

今天我和爸爸、妈妈、奶奶、胡格格、高洋、冰冰姐姐……很多人一起去月潭山庄游玩。

那里的景色非常迷人，有火红的枫叶，碧绿的松叶。微风吹来，落叶在林间飞舞。

我们还爬山，上山的路又陡又滑，我们费了半天劲才爬上去。

我们四个躺在吊床上，悠闲地看着爸爸他们玩游戏。过一会爸爸妈妈喊我们下山吃饭了，俗话说"上山容易，下山难"，下山的路就更不好走了。我们一步一步小心谨慎地往下走，突然，一个大人滑了下来，差点把我和冰冰姐姐撞着了。

吃完饭我就跑到池塘边去看钓鱼，冰冰姐姐正要去车里拿吃的，这时候格格到池塘边来玩水，一不小心掉了进去，我当时吓呆了，多亏周伯伯及时把她救上来，真是太危险了！

过了一会格格身上的水干了，我们又开始玩起来。他们大人吃肉串，我们小孩吃虾条喝酸奶，非常开心。

直到夕阳西下，我们才坐着爸爸开的车高高兴兴地回家了。

问月亮

月亮，月亮，

请你告诉我，

一阵风吹过，

你可摇晃？

你可摆动？

那里，

可有美丽的嫦娥？

可有呱呱叫的蟾蜍？

可有活泼可爱的小玉兔？

可有奇形怪状的外星人？

你那里，

能不能一边唱歌，一边跳舞？

月亮，月亮，

请你告诉我……

一对好朋友

聪聪和笨笨是两只巴西龟，聪聪很聪明，身上还有美丽的绿色。可笨笨不但很笨，而且身上也灰灰的，聪聪很讨厌笨笨。

一天，笨笨来找聪聪，聪聪轻蔑地说："干什么事呀？大笨蛋。"笨笨并没有生气，很客气地说："聪聪大哥，冬天快到了，我不会挖土，你可以教教我吗？""说你笨你就是笨，连这都不会，为什么让我教你？想让我教你，没门！"笨笨伤心地离开了。

第二天，笨笨又来找聪聪，对它说："聪聪大哥，咱们一起去找食物吧！要不然冬天就要饿肚子了。"聪聪不耐烦地说："懒东西，你自己不是也有手有脚吗？为什么自己不去找，你呀！不但笨而且懒。"笨笨伤心极了。

一天聪聪正在找食物，突然出现了乌龟的天敌——蛇，聪聪来不及想，拔腿就跑。当蛇快追上时，突然来了一只刺猬，蛇吓跑了。蛇跑了以后，刺猬脱下伪装，原来是笨笨。

聪聪红着脸对笨笨说："对不起，我不该嘲笑你，叫你'大笨蛋''懒东西'。"笨笨笑着说："没关系。"

后来聪聪和笨笨成了好朋友。

这个故事告诉我们："尺有所短，寸有所长。"不要拿自己的长处和别人的短处相比。

假如我是神笔马良

一天晚上，我正在看一本我喜欢的书，看着看着我的眼前模糊了起来，这时一道金光照在我的身上，我听见一个人对我说："因为你很善良，所以我让你变成神笔马良，去造福人类吧！"说完一支五彩的笔就落在我的手上，太棒了，我变成神笔马良了！我刚要为自己画一辆车，可是我想："神仙给我神笔是让我造福人类呀！我怎么能只想着自己呢？"于是我画了一朵筋斗云，骑上它，开始了我的旅程。

筋斗云飞着飞着，我便叫它停下来，因为我看到在一座大山里有一个贫穷的小村庄，那里有许多想上学的孩子们，可是那里条件很差，他们没有新衣服，没有新书包，更没有学校和老师，于是我大笔一挥，画了一所既漂亮又整洁的小学校，学校里的操场非常宽阔，操场的

周围绿树成荫。孩子们在操场上快乐地嬉戏、玩耍。在这所学校里有最好的校长、老师，而且还不收学费，村民们非常感激我，我满意地走了。

　　我又去了冰天雪地的北极，那里到处是皑皑白雪，还有凶猛的北极熊，笨拙的企鹅……它们生活在一片白色的世界里，我想它们的生活环境太单调了，怎么办呢？我想了想，大笔一挥，就把这里画成春天，这里变得柳绿花红、百鸟争鸣、群芳吐艳，简直变成一个世外桃源，我开心地笑了。

　　"宝贝快起床，再不起床就迟到了！"妈妈的叫声把我吵醒，原来是一个梦呀！在上学的路上，我还在想："要是我真有一支那样的神笔该多好啊！"

母爱

　　母爱是世界上最伟大的爱。在妈妈的呵护下，我健康快乐地成长。我每天过着衣食无忧的生活，我觉得生活在这个家庭里很幸福。

　　世界上最美丽的声音，那便是母亲的呼唤。有一天，我和小伙伴上完英语课后班，走在回家的路上，发现小广场很热闹，因为贪玩，所以我们就在小广场玩了起来，居然忘了回家。这时候，天色已晚，我突然听见一个人在叫我的名字"刘睿……刘睿……"那分明是妈妈的声音，那声音似乎有些沙哑，我顺着声音跑过去果然是妈妈正在四处寻找我，她一看见我就立刻把我抱在怀里，我看见妈妈焦急的眼睛里含着泪花。妈妈对我说："孩子，你知道妈妈有多着急吗？以后放学一定要按时回家。"我趴在妈妈肩头哽咽地哭了，我对妈妈说："妈妈，我错了，我以后一定按时回家，不让您着急。"

　　还有一次，在语文单元测验的时候，当听到老师说："刘睿，第二十八名。"我看上去像什么事也没发生，其实我的内心深处忐忑不安，因为我从第三名的好成绩一下子滑落到了第二十八名，犹如一盆冷水泼在我的头上。我眼前仿佛出现这样一幅画面：妈妈怒气冲冲地问

我："怎么考成这个样子！到时候我哪有颜面去开家长会啊！"

　　我怀着一颗忐忑不安的心回到家里，一进门妈妈就问我："卷子发下来了吗？打了多少分啊？"我低声说："发下来了，考的不太理想。"我以为妈妈会大骂我一通，可没想到，妈妈却温柔地对我说："没关系，孩子，这次考试你有一小部分是因为马虎，如果你把你因马虎而做错的题都答对，那你的成绩就会有所提高。"听完这些话，我心里好受多了。妈妈的这些话仿佛是一丝阳光，浸透到我的心灵深处。

　　妈妈的爱是无私的、伟大的，我以后会更加努力地学习，长大以后报答我的母亲对我的爱。

未来的水果

一天，爸爸妈妈都有事，我只好一个人在家里。闲着没事，随手拿起一本书来看，突然书里的米奇把头伸了出来对我说："你好啊！小朋友。"我吓了一跳，我定了定神说："你好，米奇，你找我有什么事？""噢，是这样的，因为我家水果成熟了，所以我想请你到我家吃水果，好吗？"书里也能种水果？我很好奇，于是我跟随着他进了书里，来到他家门口，他家房子可真漂亮呀！雪白的墙壁上刷着五彩的油漆，就连蝴蝶也不愿意离开，我看呆了，竟忘了吃水果。这时米奇走过来说："请问你是来看房子还是来吃水果的？"我这才回过神来。

到米奇的果园里一看，差一点把我吓出心脏病，倒不是因为水果很吓人，而是因为水果太奇特，比如香蕉大的像课桌，而且是鲜艳的红色；苹果小的像樱桃，而且还是金灿灿的，尝起来甜滋滋的，很好吃……这果园里的所有水果都有一个共同的特点：好看好闻又好吃。米奇还告诉我一个小秘密：不管是什么病，这里的水果都能治好。我们快乐地吃着，交谈着……

"睿睿，你怎么开着灯、不脱衣服就睡觉？"妈妈笑着说。"妈妈"，我好奇地问："你怎么来了？是来

和我一起吃水果吗？"妈妈笑得更厉害了。原来是一场梦！

啊，未来要是有这样的水果，该多好啊！

家乡的园林

我的家乡在吉林省长春市，我住在一个叫"吉林大学"的社区。那里有花园、有马路、有广场……不过，最吸引我的还是那幽静的园林。

园林里四季的景色都很美丽、奇特，但我更喜欢群芳吐艳的夏天。

从我家出来，走过一条水泥铺成的小道，就到了园林。进入园林，首先映入我们眼帘的是一条弯弯曲曲的石子小路，这条小路很短，小路的尽头，有一条长长的沙石路，黄色的土地上镶嵌着不大整齐的小砖头、小土块、小石头……你要是踩上去准会绊倒。

小路的两旁开着各色艳丽的不起眼的小花，一不小心就会把花踩碎。小花虽然不起眼，但一群小花和一些绿油油的小草，仍然让夏天显得生机勃勃。

在小花小草的后面，有一大片一大片的树林。可能是因为没有人修剪的原因吧，树木长得奇形怪状，有的两棵树枝叶紧紧地挨在一起，好像在说悄悄话。有的两棵树缠绕在一起，好像在打架……

在一个拐弯儿处，有一个小池子。池子里水很深，鱼很多，也有很多钓鱼的叔叔阿姨，我们在边上看着，

一会儿这个人钓上来一条小鱼，一会儿那个人又钓上来一条大鱼。我们在边上看着都跟着高兴。

在园林的中央，有一个小广场。这是我最愿意来的地方，因为这里有一座雕像，雕刻的是一头大象带着一头小象，小象站立着，把鼻子放在大象的鼻子上，小朋友们都很喜欢这座雕像，他们有的站在小象的脑袋上，有的骑在大象的鼻子上，快活极了。

每次当我离开园林，我都依依不舍，一次又一次地回头观望这美丽的景色。

我爱我的家乡、我的社区，但是我更爱家乡那美丽的园林。

再说说我自己

我的名字叫刘睿，睿就是聪明睿智的意思。我是一个活泼的女孩。一头乌黑的头发，亮晶晶的眼睛下边长着高高的鼻子，不算很漂亮，但很清秀。

我在班级里显得很文静。每到下课，别的同学不是在走廊玩游戏，就是在屋里跑来跑去，而我却静静地坐在自己的座位上，我喜欢画一些迷宫，让我同桌来走。我还喜欢看书，每天中午，除了我值班以外，其他时间，我都会去图书角看书。但只是拿一些《米老鼠》之类的漫画书看。周六或周日，只要有时间，爸爸和妈妈就会带我去图书馆看书。爸爸说我是"小书虫"。

别看我在学校里很文静，可一回到家里，我就像换了一个人似的，很调皮。我喜欢和妈妈玩"捉迷藏"的游戏。一天晚上，妈妈叫我去刷牙，我死活不去，妈妈就开始跑过来抓我，我虽然左躲右闪很灵活，可最后还是被抓住了。我一边刷牙一边心里想着"鬼主意"，我突然发现在客厅的一个角落里，放着一个大大的花瓶，花瓶和墙之间有一块狭小的空地，我刚好可以钻进去。刷完牙后妈妈又让我去睡觉，这次我二话没说，撒腿就跑，趁妈妈还没来，我一下子钻进花瓶后边，这时妈妈来了，

怎么找也没找到我，只好回去睡觉了，等她一关灯，我就悄悄钻了出来，静静回到自己屋子里睡觉了。

我也有缺点，缺点就是太马虎。英语考试时，我很自信，因为我自觉复习得很好。可卷子一发下来，我就像泄了气的皮球，因为错的全是我会的，pen 写成了 pea……我要一看卷子，头比正在感冒的同桌的头还要热，还要痛。

我就是这样的女孩，一个调皮、文静的女孩，你愿意和我做朋友吗？

我学会了游泳

在去年寒假，爸爸给我报了一个游泳班，我当时非常高兴，因为我一直都想学会游泳。爸爸曾经对我说过学习游泳不仅可以锻炼身体，还可以磨炼一个人的意志。

刚刚学习游泳的第一天，一路上我又兴奋又害怕。兴奋的是我终于可以学游泳了，害怕的是老师会把我扔到水里，可是出乎我的意料，老师并没有把我扔到水里，而是先让我趴在水里练习憋气，我第一次就憋了很长时间，得到了老师的表扬。接下来老师又教我练习漂浮，刚开始老师对我说："要放松，就像趴在床上一样。"我按照老师说的方法云做，果然不一会儿就学会了，老师说可以让我自己放松一下，自己玩一会儿，我可高兴了，结果一不留神，喝了一大口水，晚上回到家里肚子疼了好一阵。

学完憋气和漂浮之后，老师又开始教我练习换气和腿部动作，这才真正到了难点，刚开始我不是忘了换气，就是忘了动腿，一节课下来，我的身体是"酸麻胀疼，样样俱全"。我真想放弃了，可当我看到游泳馆里有的小朋友比我还小，可他们都比我游得出色，为什么他们能行，我却不行呢? 于是我咬咬牙下定决心一定要学会。

我每天早去晚归，认真完成老师教的每一个动作，仔细领悟，通过刻苦锻炼终于渡过了难关。后几节课对我来说就很简单了。一次我和我的好朋友比赛游泳，刚开始她比我快一点儿，可是她游游停停，漫不经心，所以我抓住时机像飞一样的速度超过了她并到达终点。我高兴地跳了起来。

通过学习游泳，不仅磨炼了我的意志，还强健了我的身体，我虽然还喜欢其他体育项目，但我最喜欢的还是游泳，它将使我终身受益。

雨夜，我一个人在家

晚上，老妈对我说："宝贝，妈妈要去上夜班，爸爸晚上有事，一个人在家要乖噢！""拜托，你知道我怕黑，而且今天晚上有雨，你是知道的。""我就是要考验考验你。"妈妈笑着说"拜拜"。还没等我说话，妈妈就关上了门。

我趴在窗户上看着妈妈的身影慢慢消失在雨帘中。我想我该做点什么呢？这时天空上划过一道闪电，接着打了一个响雷，把我吓得直哆嗦，一头钻进被子里，好半天才出来。这时我发现黑暗中有一点浅绿色的光，我向那光走去，一瞧，原来是个小小的玩具鼠，是那种夜明的。我发觉那个小玩具就像一个"小天使"，这个"小天使"用自己的光芒把所有的可怕变成温馨。在这个"小天使"的陪伴下，我进入了梦乡……

"叮咚……"这样的声音把我惊醒，原来是爸爸回来了，爸爸对我说："孩子，你真勇敢。"我笑笑说："多亏了'小天使'。"

猫耳菜

去年春天，奶奶在我家种上了几株猫耳菜，大约过了五六天，猫耳菜长出了一些小苗苗，嫩绿色的，非常可爱。

又过了两三天，猫耳菜的叶子逐渐长大了，猫耳状的叶子，竟含有绿、紫、红、白四种颜色。白色的斑线将叶子分割成数块。叶子背面是紫红色的，很漂亮。如果仔细观察猫耳菜，我发现一丛猫耳菜下都会有紫红色的须，紫红色的须将丛生的猫耳菜紧紧连接在一起，好像它们很团结。

秋天到了，猫耳菜结出了小果子，是黑色的，远远望去像一串串小巧的铃铛。猫耳菜可以做菜、熬粥，简直既美观又实用。它的生命力很顽强，只要有一点土、一点水，就能存活下来。我很佩服它那种顽强的毅力，我要向它学习。

勇敢的花仙子

很久很久以前，有一片原始森林，那里绿树成荫、资源丰富，还有一位花仙子，她有一双轻盈的翅膀，一头秀丽的长发，一张如三月桃花般的面孔，一对水汪汪的大眼睛，她还有一根神奇的魔法棒。

原始森林里有很多珍宝，像猫眼石、祖母绿之类的宝石更数不胜数，有的动物组成了一伙动物兵团，有的则平平安安地过日子．原始森林中的动物一直过着宁静祥和的生活。

可是好景不长，有一个巨人来到了原始森林，他早就听说原始森林遍地都是宝贝，他想："要是把宝贝抢到手，那不就发财了吗！"他二话没说，三下五除二就把原始森林里抢得干干净净，等大家发现的时候，原始森林已经变成了一片废墟。就在大家失望的时候，小花仙子站出来说："让我们团结起来，打败巨人。"大家纷纷赞成。

第二天花仙子带领大家讨伐巨人，终于把巨人打败了，他答应把宝贝还回来，从此原始森林又恢复了宁静祥和。

最让我羞愧的一件事

在生活中，经常会写生活里让人不齿的事情，但那件最让我羞愧的事，我却迟迟不能忘掉。

那是在一个上午，北风呼啸，我好不容易才上了公交车，又好不容易才找到一个座位，坐在我前面的是一个老爷爷，大概有七八十岁，他的头发多半花白，戴着一副眼镜。我正在观察老爷爷，这时候上来一位孕妇，我本想给她让座，可我又想到我要去的是终点站"人民广场"，要是站着的话，得把腿站疼了，想到这我便打消了让座的念头，这时老爷爷对年轻的孕妇说："闺女，坐着吧。长时间站着对肚子里的孩子不好。"说完，他便缓慢地站了起来，站到了我的旁边，那个孕妇用感激不尽的目光看着老爷爷点了点头便坐下了。突然一个急刹车，我的脚猛一着地，一下子踩到了老爷爷的脚，奇怪，老爷爷怎么一点反应也没有。到建设街了，老爷爷这才一瘸一拐地下了车，我恍然大悟：原来老爷爷的左腿是假肢。

一个身有残疾的老年人，都能给孕妇让座，而我却做不到，回想起来真是非常羞愧。

我家可爱的小仓鼠

　　真好，爸爸在我生日那天送了我两只小仓鼠，一只白色的，一只淡黄色，十分可爱。

　　它们只有五六厘米长，白色的是公的，很活泼，我叫它欢欢。淡黄色是母的，很可爱，我叫它可以。它们之间很友好。有一次我给可可一个瓜子，欢欢见了马上来抢。可可没有欢欢强壮，结果瓜子被欢欢抢走了，可可就独自趴在一个角落，好像在和欢欢赌气，我只好把可可放在手上，把瓜子放在可可的爪子上。可可急忙抓住瓜子，生怕谁抢了去，左看看，右看看，这才放心地吃起瓜子来。

　　还有一次，我把盖子倒扣在它们住的小盒子上，我在盖子上开一个小洞，再把它们俩放在盖子上，想知道谁更聪明。只见欢欢在四周爬来爬去，就是不敢走向小洞，而可可发现四周都出不去，只有通过小洞才可以出去，于是它"铤而走险"，结果可可跳下小洞回到它们的小屋。于是我得出结论：可比欢欢聪明。

　　这就是我心爱的小宠物，你喜欢它们吗?

未来的衣服

晚上，我正在看一本极度无聊的书，看了一会儿，我便进入梦乡。

在梦里，我来到了 30 世纪，那里的人们真怪，大冷天穿着一件薄薄的衣服，我关心地说："穿这么少会感冒的。"他们笑着说："不会的，我们的衣服是用特殊材料做成的，夏天的时候，它会吸收热量，冬天的时候就会把热量'放出来'。"我更奇怪了，问："那夏天吸收热量的时候，你们不热吗？""我们的衣服里有无数个微型电风扇，一到夏天就会打开，所以即使正在吸收热量也不会很热。"他们笑嘻嘻地回答。

我发现他们穿的衣服每件都很漂亮，而且每个人穿得都不一样，几千件衣服里没有哪两件是相同的。有人告诉我："这种衣服是由一种特殊材料做的，会随穿戴者的心情而改变，高兴的时候衣服变绿色，生气的时候变红色，伤心的时候变蓝色，绝望的时候变灰色……"哇，这衣服真神奇。

"刘睿，快醒醒，不想在班车坐'贵宾座'就起来。"啊，多美妙的梦啊！真希望这梦快快变成现实。

成长中的一件事

在我成长的过程中，有许许多多的事让我一步一步地成长。但有一件事让我至今心有余悸。

那是一个星期天，天气非常晴朗，太阳像小娃娃的脸，笑得可欢了。我正在家里写作业，突然，"咚咚咚"的敲门声传到我的耳朵里，我以为是李佳司来找我玩，便高兴地去开门。可我把门打开一看，哪知门外站着的不是李佳司，而是个从来没见过的尼姑，她穿着一身青色的尼姑袍，对我说："小朋友，我是从普陀山来的，只要你们买了我的产品，就可以去普陀山了，快去叫你妈妈来。"家里就我一个人，怎么办，我拼命使自己冷静下来，我轻轻地对她说："我妈妈正在睡觉呢，这时候去叫醒她，她会骂我的。"正当她弯腰去拿什么东西，我猛地把门关上，可心里还在狂跳不止……任凭她怎么敲门说好话我也不敢再开门了。

发生了这件事以后，我觉得自己长大了。当遇到危险的时候要学会冷静思考，用智慧保护自己。

我的爸爸

我爸爸曾经是一名军人，他总是穿运动服装，喜欢打乒乓球。他长着一双大眼睛，浓浓的眉毛，他的性格开朗、乐观，也很幽默。

我爸爸是一个做事非常认真的人，他对我也是这样要求的。有一次，因为马虎我数学考试得了优减，我心里非常害怕，我想爸爸一定会狠狠批评我的。回到家里，我主动把卷子给爸爸看，我心里像十五只吊桶打水——七上八下的。可是出乎我的意料，爸爸并没有责备我，而是耐心地帮我分析错误的原因，结果发现大多数题都是因为马虎而造成的。爸爸和蔼地对我说："孩子，无论做什么事都要认真，你看那些宇航员叔叔驾驶宇宙飞船，飞往太空是多么神奇呀！但是如果他们按错一个按钮，也许会造成严重的后果。"听了爸爸的话，我觉得养成一个认真的习惯很重要。

爸爸是个很热心的人。今年秋天，他召集全楼十四户人家，商量在一楼安装一个防盗门，这样楼道内既安全又卫生，大家都说这是一个好主意，最后在爸爸的负责下，全楼集资安好了防盗门。这不，今年冬天楼道内比往年暖和多了，大家都夸爸爸是个热心人。

我的爸爸还有很多优点值得我学习，我爱我的爸爸。

成功之花为我而开

　　每当看到那张获得一等奖的国画时，心中只剩下了一丝丝的欣慰，眼前不禁浮现出才开始练国画时的经历。

　　那时，小小的我被带进国画教室。我朝四周望了望，教室并不算大，可加上我只有三个人在学习国画。上课了，老师说我画画的力度不够，所以让我从最基础的练起，于是便让我画"横"和"竖"。我不停地画呀画，一条、两条、三条……一页、两页、三页，画完横又画竖，画完竖又画横。很快，一张张宣纸被我搞得惨不忍睹，上面布满了横和竖。后来把我画的快不耐烦了，老师才慢悠悠地对我说可以进行下一项内容了，我很兴奋，忙问是什么？结果却令我抓狂了：老师居然让我画"点"！唉，那可怜的宣纸被我搞得更惨了，上面黑乎乎的一片，根本分不出来。我十分卖力地画着，只见宣纸叠得越来越厚越来越高，这时，老师又说了："嗯，你现在可以进行下一项科目了。"下一项科目就是画树。在之后的国画课上，老师又教给我很多东西，例如，画房子、画石头、画小船、画河岸……刚开始，我对国画的兴趣非常浓厚，可到后来，由于每节课画的都是那么点东西，而山水画又不像花鸟画那么五颜六色，于是，我对国画的兴趣也就急速下降，每节课我只画那么几张画，还尽力地拖延时间，一些小动物越采越多。而就在这时，老师给我们带来一个惊天动地的消息：要我们每人画一张大画，拿去参加比赛。我想，老师既然让我参加，说明我有那个能力，我一定要认真起来。一连几节课的努力奋斗，最终在印章的落地声中结束了。我们怀着忐忑不安的心情，把画交了上去。最终，成绩下来了，我，居然得了一个一等奖。

我相信，只要我努力，成功之花就会为我而盛开！

未曾说出的感谢

那天，正是我们期末考试，我心不在焉地整理书包便去上学了。我坐在座位上，一件一件地把东西拿出来，中性笔、铅笔、橡皮……嗯？我的格尺呢？完了，没有格尺，要是有画图的题，我就是会画也画不了了。这时滕静含注意到我焦头烂额的样子，她问我："刘睿，你怎么了？""没带格尺，我死定了。"我无奈地说。这时监考老师都来了，我一看手表，妈呀！就剩2分钟了。就在这时，只听"嘎"的一声，回头一看，原来是滕静含把她那个崭新的格尺掰成两半，她把一半递给我，说："先用着吧！"我含着泪答完试卷。放学后，我急忙找到她，拉着她的手，激动的什么话都没说出口，她只是笑了笑，走开了。我看着她的身影在人群中慢慢消失。

直到现在那个掰断的格尺，还被我珍藏在家中。而那份感谢却迟迟没有说出口。

童年的"端午节"

　　小时候，我不懂什么叫"端午节"，我只知道在端午节那天要吃又香又软的粽子，还要在端午节那天看赛龙舟。

　　记得我六岁那年端午节，爸爸妈妈都出去吃饭了，就剩下我一个人看家。我失望地坐在沙发上，心想："唉，今天吃不到又香又甜又软的粽子了，也看不到有趣的赛龙舟了。"我深深地吸了一口气。突然，灵机一动，我想我可以做嘛，说干就干，我立刻拿出了妈妈给我买的橡皮泥，做了起来，我先拿出白色橡皮泥捏了起来，扭成一个圆形，再拿出绿色橡皮泥压扁，最后用绿色橡皮泥把白色橡皮泥裹住，一个栩栩如生的粽子就出来了。我都想咬上一口，再用黑色的笔画上几道，就更像了。用这样的方法再做几个，一盘栩栩如生的粽子就出来了。再用一些彩色的泥捏成长条，再用彩泥做个龙头把两个东西一按，一条多彩的龙舟就出来了，我又按照同样的方法做了另一条，于是在我的小天地里就举行了一场"赛龙舟"，有趣极了。

　　这次端午节我虽然没有吃到好吃的粽子，看到好玩的赛龙舟，但是这是我过得最有趣的一次端午节。

窗子里与窗子外

又是一个黄昏，我懒洋洋地拿起笔，写着我那家庭作业。

夸张一点说，我基本上是泡在作业里。写完语文写数学，写完数学写外语，写完外语再写爸爸妈妈留给我的阅读、书法……天啊！最要命的是，我根本没有自由。想玩电脑？做梦！想出去玩？门都没有！每次妈妈都是以快升六年级为借口，要是能看电视，那已经是烧高香了。今天我早早地写完作业，我想出去玩，结果可想而知：妈妈给了我当头一棒，我只好失望地看着窗外。"乖，过来过来。"我往下瞅，只见李佳司在和一只小狗玩。啊！毛毛，正是这小家伙，浑身黄黄的毛，后背长着一缕箭头状白白的毛，跑得很快。这时李佳思也看到了我，朝我喊道："刘睿，你能不能出来玩呀？"我先是一愣，接着沮丧地摇了摇头，佳佳（我对李佳司的昵称）没有再说什么，而是接着和毛毛玩了起来，我也只好目送着他们。"乖乖，你可要多吃点草，贝贝，你要多运动运动呀。"我把头一伸，原来是一年级的欣欣在放她的两只小兔，小兔非常可爱，雪白的绒毛，红红的眼睛。这时她也看见了我，抬着头冲我喊："刘睿姐姐，陪我一

49

起放兔子吧！"我很想下去，但母亲大人的话不容反抗，所以我只好对她喊："欣欣，姐姐有事，改天吧。"欣欣只好走了。我目送着她那远去的身影。

那天晚上，我做了一个梦，我梦见我和欣欣还有李佳司一起玩，我们好开心、好开心。

我的鸟

今年一月份，爸爸送给我两只娇凤，我高兴极了。我给它们取名欢欢和乐乐，它们的肚皮是绿色的，尖尖的嘴是橘黄色的，脖子上还有一些小黑斑，就像戴着一串项链，非常可爱。

自从它们来到我的家，我就少了一份孤独，多了一份快乐。它们俩相处得很好，常常在一起玩耍，可它们也闹过矛盾。上一次，不知为什么，两只鸟又踢又打，啄的羽毛到处都是，结果欢欢把乐乐踢了下去，我看了以后真是哭笑不得。抢食的时候更有意思，你一口，我一口，到后来，乐乐不让欢欢吃到谷粒，把头整个伸到谷子里了。唉，真是一对小冤家。

这就是我的开心小宠物，它们给我带来很多快乐，你们喜欢吗?

听妈妈讲我小时候的故事

夜晚，皎洁的月光照在窗户上，我坐在妈妈的腿上，听妈妈讲我小时候的故事。

听妈妈说，我小时候非常淘气。有一次我发现沙发可以拆开，于是我联合三四个朋友，来到我的家里，二话没说就把沙发的上半部分给拆了下来，我们把沙发盖放在地上，当马骑，而且一边骑一边喊："马儿马儿快快跑，我的马儿不吃草，驾！"妈妈听到喊声马上跑过来，看到我们的样子真是哭笑不得。

听妈妈说，我小时候经常受伤，别说跑了，就是走着走着也能摔一跤，但我很坚强，从来没有哭过，每当掀起我的裤子，我妈都吓一跳，因为我的腿部伤痕累累。

长大了听一听自己小时候的故事是又新奇又有趣，朋友们，你们不妨试试看。

唯一的听众

"喂！停一下。"我用闪电般的速度，挡住我的小妹，"请你过来，我要为你读一下我新做的诗《生活》。""啊！姐，你做的诗太好了，一听题目就知道。不过我没时间，谢谢，拜拜！"说完，小妹用比我快三倍的速度跑开了。

我很沮丧，拉拉这个，推推那个，可谁也不想当我的听众。这时，我想到了家里养的两只娇凤。我立马跑过去，这两只鸟用好奇的眼光看着我，我高声地朗诵起来，读着读着，两只鸟居然欢快地叫了起来，好像在为我配音，这唯一的听众太可爱了。

我喜欢我这唯一的"听众"。

珍惜资源，保护地球
——读《只有一个地球》有感

今天，老师领我们学习了一篇课文，这篇课文的题目是《只有一个地球》。

这篇课文让我了解到许多关于地球的知识。读完课文我才知道原来地球也不算很大，它只是一个半径只有六千三百多千米的星球。地球是无私的，它慷慨地向我们提供矿产资源。但它不是上帝的恩赐，而是经过几百万年，甚至是几亿年的地质变化才形成的。如果不加节制地开采，必将加速地球上矿产资源的枯竭。

书上还说，至少以地球为中心的40万亿千米的范围内，没有适合人类居住的第二个星球。40万亿千米啊！这是一个多么漫长的距离呀！也就是说人类别想在破坏了地球后再移居到别的星球上。

我们生活所需要的水、电、森林、大气，每一种资源都是非常非常宝贵的。想到这里，我不禁羞愧起来，想到平时：经常洗完手后，随手一关水龙头，也不管它关没关紧，任凭它滴滴作响；经常在家里打开很多的灯，也不管用不用，就是忘了关；有时我看见洗手间里的水龙头在一滴一滴地往下滴水，可我也没有及时把它关上。

想到这些，我脸上就阵阵发热。

　　珍惜资源就要从小事做起，我们要节约每一滴水，节省每一度电。珍惜自然资源，共建生态绿色，让我们一起节约资源，保护地球吧！

鸭子历险记

2001 年 9 月 29 日，温哥华的清晨，一道奇异的风景展现在街道上。

咦？怎么车子都不动呢？噢！原来是给小鸭子让路呢。只见一只鸭妈妈带着六七只小鸭子在过马路，这些鸭宝宝好像没出生几天，对一切事物都很新奇，左瞧瞧，右看看。看，鸭妈妈走路都昂首挺胸，好像在自豪着：瞧！我这些宝宝多可爱呀。

这时，只听到几声急促的"嘎、嘎"声，鸭妈妈回头一看，呀！原来有两只小鸭子掉进了下水道。鸭妈妈急坏啦，拼命地伸长脖子想去叼那两只小鸭，可下水道太深了，再怎么伸也够不到。

鸭妈妈左看看右看看，看到了一位巡警，她急忙跑了过去，站在他前面大声地叫唤。可巡警只是甩了甩手，将鸭妈妈赶走。鸭妈妈急了，使劲地拽着，巡警只好跟着鸭妈妈走。来到了下水道旁边，他才知道是怎么了，碰巧，围观的群众旦有一位渔夫，他提供了一个网子。巡警一捞便把两只小鸭子捞了上来，他赶紧拿了盆水，帮小鸭洗了洗身上，便送回鸭妈妈的身边。

只见鸭妈妈温柔地蹭了蹭小鸭，又冲巡警点点头，

接着便和小鸭一摇一摆地穿过马路走了。巡警一直在目送着它们，直到看不见它们的身影为止。

游雕塑公园有感

今天我们来到了雕塑公园，这里真是一个美丽的地方。

草地上、碧湖旁、树林里，到处都有美丽的雕塑。那些伟大的雕塑家把心中的情感，用雕塑的形式展示在我们面前。一座座雕像栩栩如生，仿佛都活起来了。开天辟地的盘古，他的斧子好像马上就要砍下来；悠然自得的鲁迅，仿佛要与我们谈论人生的哲学。

而给我印象最深的雕像有两个。

第一个是一尊坐在礁石上的美女像。整个雕像都是雪白的。那是一个正在梳头的美女。看到它，我便想起音乐课上学的一首歌《洛列莱》，这座巨大的雕像非常逼真，好像那个美女梳完头后便会慢慢地走下来。

而第二个则是一朵无比巨大的莲花，里面躺着一个小"婴儿"。那个小婴儿正在香甜地睡觉。我从它身边过去时都静静地走，生怕声音一大，便把小娃娃吵醒。

经过两个多小时的徒步游玩，很累，也很疲倦，可是却给予了我们许多的收获。也让我相信我会把这次的收获永藏心底。

生命

生命对于我们每一个人都很重要，因为生命只有一次，所以我们要珍惜生命，热爱生命。

生活中难免会遇一些挫折，但是我们要坚强地面对。记得那是一个夏天，天气闷热，我那年只有 5 岁，我央求妈妈爸爸一起去"格林梦"游泳。我和妈妈都不会游泳，所以只能戴个游泳圈。玩了一会儿，我们的游泳圈没气了，于是我便和妈妈一起上了岸，妈妈再三叮嘱我站在原地不动，可我因为贪玩，独自走了，结果没走几步就掉进了深水区，当时我害怕极了，想喊救命也喊不出来，只能"咕咚、咕咚"地喝水。就在危急时刻，一位戴眼镜的叔叔把我拉上了岸。我非常害怕，浑身哆嗦，不知道是被冻的，还是被吓得。现在想起来都后怕，要不是那位叔叔，我的生命早就没有了。

后来我克服了心理上的恐惧，终于学会了游泳，我再也不怕被水淹着了。

生命是脆弱的，然而生命也是坚强的，以后无论遇到什么困难，我们都应该坚强面对，迎接美好的未来，让生命发光发热。

姥姥家的菜园

我喜欢姥姥家，更喜欢姥姥家的菜园。

姥姥家住在乡下，每当夏季来临就瓜果飘香。姥姥家的菜园不大，但是种的蔬菜种类却很多，有白菜、萝卜、南瓜、豆角、柿子、玉米……菜园的东边是一排排的白菜、萝卜，都非常鲜嫩。菜园的西边是一片南瓜架，上面结着大大小小的南瓜，黄澄澄的，一看就很有食欲。

不过最让我喜爱的就是种在菜园东南角的柿子地。姥姥种的柿子的种类可真多呀！论形状，有圆柿子、有头部带尖的柿子、有"牛心"柿子；论颜色，有红柿子、有黄柿子、绿柿子、花柿子……这里简直是一个"柿子王国"，摘下一个吃进嘴里，味道甜甜的，让你吃完还想再吃一个。

园子的四周种着各种各样的玉米，有

黏玉米、有甜玉米、有"香蕉"玉米、有"苹果"玉米，吃上去又香又甜，味道好极了。

　　姥姥家的菜园里还有一道亮丽的风景，在菜园的中间有一口水井，在水井的周围姥姥种了很多花，颜色非常鲜艳，有五色梅、土豆花、卷莲花……蝴蝶和蜜蜂在花丛中飞舞，为这个小花园增添许多生机。

　　这就是姥姥家的菜园，一个美丽而又充满生机的菜园，我爱我姥姥家的菜园。

我敬佩的一个人

我最敬佩的一个人就是我的奶奶。

我的奶奶是一个非常坚强的人。记得有一年冬天，刚下过第一场大雪，路很滑。我站在幼儿园门口焦急等待着奶奶来接我回家。这时远处走来奶奶矮小的身影。我正想大声喊奶奶的时候，只见奶奶脚下一滑，摔倒在雪地上半天也没起来。我当时吓哭了，连忙找来了老师，在老师的帮助下找来了我爸爸，爸爸开车立即把奶奶送到了医院。经过医院 X 线检查，发现奶奶股骨头已摔断，必须马上手术。奶奶忍着疼痛，一声不吭。手术结束后，奶奶躺在床上，她的右侧大腿上有一道长长的刀口，刀口处还插了一个引流管，右侧整个大腿肿得很厉害。从奶奶痛苦的表情中我能看得出奶奶有多疼痛，但她从来没喊一个"疼"字。有时我看见大滴大滴的汗水从奶奶额角滚落，我心里非常难受。手术不到一个月，奶奶就在医护人员搀扶下下床活动了，她坚强地走出了第一步、第二步……直到现在，奶奶大腿根部的那个疤还清晰可见。

这就是我的奶奶，一个我最敬佩的人。

我与书的故事

高尔基曾经说过："书籍是人类进步的阶梯。"我却认为，书籍就是人类的"生命果"、精神食粮。

在我还小的时候，妈妈就给我买了许多识字的卡片，每天我都会快快乐乐地学习。当我大一点的时候，识字卡片已不能满足我的欲望了，小姨知道我想看书，就给我买了一套童话书，是那种图文并茂的书。我高兴极了，恨不得一口气把所有的书都看完，有《灰姑娘》《白雪公主》《渔夫和金鱼》……从此我便天天扎进书堆里，爸爸看我这么喜欢看书就又给我买了好几本。有一次，我有一本书没看完，妈妈就要我去睡觉，怎么办？于是我把书藏进衣服里，到了屋里我又把书拿出来，用被子盖住我和书，再用奶奶的手电筒照着看，一直看到半夜，上眼皮和下眼皮"打架"，我才不得不合上书睡觉。

后来，我上了小学，童话一类的书不能满足我了，妈妈又给我买了《101个忠告》，让

我懂得许多道理。因为我太爱看书，所以好朋友给我起了一个外号"书虫"。没错，我就像一只书虫，恨不得把书吃下去。现在我又迷上了四大名著，因为四大名著都是用文言文编写的．所以有一些字看不太懂，但大概意思能理解下来。我这才发现，原来四大名著是这么的有趣。

　　书是我的良师，也是我的益友。

塑料袋对我们的危害

说起塑料袋，大家应该都不陌生吧？然而，塑料袋给人们带来方便的同时也带来许许多多的危害。

首先，塑料袋对市容环境的影响很大。在我们的城市生活中，被遗弃的塑料袋随处可见，有的被风吹到天上，有的飘挂在大树上，有的散落在马路边、草坪上，还有街头……很不雅观。

其次，普通塑料袋在自然环境中很难溶解。比如农田中使用的塑料薄膜老化后，会破碎遗留在田间，不分解腐烂，还容易引起土壤板结，影响农作物生长和产量。

最后，塑料袋危及动物的安全。散落在江河湖海中的废塑料被动物及水生物误食后会导致生病、死亡。

既然塑料袋对人类危害这么大，我希望科学家能研制出一种能代替塑料袋功能、又不污染环境的新产品，

既方便了群众生活，又使人们摆脱塑料袋满天飞的现象，远离"白色污染"，还一片洁净的生活空间。

为了彻底清除"白色污染"，政府也采取了相应的措施。比如我们去超市买东西时提倡使用布袋等，这在某种程度上也减少了塑料袋的使用。我想光靠政府监督是不够的，我们要加强环保宣传，提高人们环保意识，从全民做起，从我做起。

二十年后回故乡

今年是 2030 年，身为国际设计师的我现在居住在法国。我掐指一算，发现我已身在他乡十多年了，这几天刚好没事，于是我决定，过些天回故乡看看。

这时忽然 QQ 传来一条信息：过几天朋友聚会，一定要来噢！我刚好要回国看看，于是立刻来到我的屋里，收拾好东西准备回国。第二天，我开上我的私人飞机飞往中国。

到了长春机场，我呼吸了一下空气，发现这里的空气格外清新。我叫了一辆车，将我送到一个五星级的饭店。一路上，我透过窗外，看到外面繁花似锦、鸟语花香，我都不敢相信自己眼睛。长春的变化真大呀！不一会儿就到了，我迅速走进去，只见一位穿着西装的男士走了过来。经过一番交谈，我才知道这位是张冬天予，他现在是北京电视台的著名主持人。这时一位女士又走了过来。呀！这不是我最好的朋友滕静含吗？现在的她是一名作家。这时，有几立同学陪着梁老师进来，别看梁老师已经 56 岁了，可她依然容光焕发。再看看同学们，个个满面春风。

后来我因急事要返回法国，其他的同学也要回去了，我们相约二十年后再见。

火龙果

　　不少人吃过苹果，都说苹果非常有营养，其实还有比苹果更有营养的水果，那就是火龙果，它含有一般植物少有的植物性白蛋白。

　　火龙果，是一种由南洋引入台湾，再由台湾引进海南及大陆南部广西、广东等地栽种的植物。

　　火龙果的花很好看，它光洁而巨大的花朵绽放时飘香四溢，让人有吉祥之感，所以火龙果也称"吉祥果"。

　　火龙果因其外表肉质鳞片似蛟龙的外鳞而得名，它的外皮的颜色，是那种鲜艳的粉红色。它不仅颜色不错，口感也很好。味道如蜜一样甜，水分也很大，果肉里镶嵌着一粒粒的种子，一口咬上去脆脆的，美味极了。

　　火龙果营养丰富，功能独特。每百克火龙果果肉中含水分 83.75 克，灰分 0.34 克，粗蛋白 0.62 克……

　　火龙果又好吃又好看，相信你一定会喜欢的。

父爱如山

母爱如同那涓涓细流，父爱就是那结实而高耸的大山。

父亲经常给我留一些课外作业，如果不写，后果可想而知，但我也"捅过马蜂窝"。记得有一次，我刚想拿起笔写爸爸留的课外作业，突然想起我的"QQ农场"里的菜忘收了，立刻放下笔去上电脑，结果一玩就是两个多小时。这时父亲回来了，看到了我没有写作业而是在玩电脑，脸色立刻从晴转到了暴风雨。先是把刚关上电脑的我扭着耳朵拖回了屋，接着又重重地"赏"了我两个巴掌，然后又狠狠地拍了一下我的头，最后又说了一些"不争气"之类的话，便甩门而去。我一边揉着脸，一边写着我"欠"下的作业，心中真是无比的悔恨。虽然被打的地方一直在隐隐作痛，但我一点也不憎恨父亲，因为父亲打我、骂我也是一种爱我的表现。

对父亲严厉的爱，我之所以能够理解，是因为父亲平日里对我非常关心。

我从小就有蹬被子的毛病，而且从不自己去盖，所以总是一直冻到天亮，感冒那是肯定的。但是后来，每天早上都发现被子好好地盖在身上，好像和昨晚没太多变化，刚开始还以为是自己的睡相变好了，直到一天半夜我才知道真相：那天晚上我又把被子蹬掉了，刚被冻醒，还在迷迷糊糊的时候，只见一个人，悄悄来到我的房间，捡起地上的被子，轻轻地给我盖上，生怕惊醒我，我仔细一看，啊是我爸爸，原来是他怕我冻到，就每天晚上给我盖一次被子，为了不让我惊醒，一个大男人走路的声音比猫还轻，让我很感动。

无论是对我严厉还是温柔，都源于对我深深地爱。

父亲的爱无时无刻不在陪伴着我，父亲的爱就像一座大山，为女儿撑起一片蔚蓝的天空。

振兴中华

——读《圆明园的毁灭》有感

那天，我们学了《圆明园的毁灭》这一课。学完课文，一股愤怒之火油然而生。

那时，圆明园还在北京的西北郊，还是一座举世闻名的皇家园林。那时它是多么宏伟、多么辉煌，而眨眼之间，那芬芳旖旎的景象变成一片废墟，那往日宏伟的建筑也变成几根残柱，真是惨不忍睹。

那些强盗哪里知道他们烧掉的不只是一些亭台楼阁、精美建筑，而是几十年人们的血汗啊！当我在书中看到这些场面，内心无比的疼痛、愤怒和惋惜。

心痛之余，我也在想：为何当时的中国会让外国人在我们的土地上横行霸道？为何面对不平等条约我们只能低头？是因为清政府的无能、清政府的腐败，使当时的中国人饱受痛苦，把中国的土地一块又一块地分割给外国。如果没有共产党带领人民奋起反抗的话，现在中国的土地上是中国人还是外国人那还不一定呢。

所以，既然我们的前辈已经赶走了殖民者，那么就让我们的后代人来把我们的中国变得更大更强吧！

难忘的小学时光

时间如白驹过隙，转眼间，我们已经长大，已经是即将毕业的六年级学生。六年的时光已经过去了，回忆起六年来的点点滴滴，不禁十分的愉快。

回想起我们刚来到学校的时候，在家长的带领下，来到了自己的班级，认识了一位位陌生的同学，又见到了一位位陌生的老师。很快，便从陌生到熟悉。那时的我们，每天都无忧无虑，同学之间也从来没有什么顾忌，在一起打打闹闹也没事。多么希望时间就停留在那个时候。

回想起三年级的时候去北京，也是我唯一参加的一次。白天在老师的带领下和同学一起去参观，或买一点纪念品。晚上，则和好朋友一起缩在被窝里看电视，困了，就把灯一关，和朋友一起聊聊天，谈谈心，聊着聊着就睡着了。感觉生活无比的充实，多么希望时间就停留在那个时候。

回想起五年级的军训，我们来到了金穗基地，第一天晚上的情境，我现在还记忆犹新。熄灯之后，我们不睡觉，把能照亮的东西都一起搬了出来，手电筒、书夹灯，不知是哪位牛人居然把台灯也搬来了。再来看看我们，

吃东西的吃东西，看书的看书，听歌的听歌，讲鬼故事地讲鬼故事，聊天的聊天，对骂的对骂，玩游戏的玩游戏……其乐融融。可就在这时，教官进来了。吓得我们书也扔了，灯也甩了，把被蒙在脑袋上装睡，可也免不了遭到一顿呵斥。等教官走了，便又恢复了其乐融融的景象。多么希望时光就停留在这个时候。

　　时间一去不复返，那我就让它成为我最美好的回忆，永远留在我的心中。

《卖火柴的小女孩》读后感

一头美丽的金发，穿着单薄的衣裳，赤着脚，在寒风里哆哆嗦嗦地卖着火柴。她是谁？她就是安徒生爷爷笔下的《卖火柴的小女孩》。

这篇童话的主要内容是：在刮着寒风下着雪的大年夜里，一个小女孩正赤着脚站在街头卖火柴。她冷极了，想擦根火柴取暖，擦亮火柴后，她看到了许多奇妙的幻象。有烤鹅、有火炉、有圣诞树……最后，她看见了她的奶奶，她和奶奶一起飞向那没有寒冷，没有饥饿，也没有痛苦的地方去了。

读完童话，我不禁百感交集。首先，我为小女孩愤愤不平。为什么没有人买她的火柴？为什么小女孩不敢回家？还有她的鞋子哪里去了？安徒生写这篇童话的用意是什么？令小女孩痛苦的不仅仅是寒冷与饥饿，还有世间的人情冷漠。我可以想象得到：每当小女孩走进富人的院子里，想卖出一根火柴，可那些人只是不耐烦地把她推开，眼里充满了藐视。她挨家挨户地兜售自己的火柴，可结局都差不多，有的心情不好的人直接一脚把她踢了出来。然后把门"砰"的一声紧紧地关上。就连那些富人家的狗似乎也瞧不起小女孩，狗仗人势地向她

叫，吓得她赤着脚向远处跑去……

我想，安徒生想用这篇童话来发泄自己对贫苦人民的同情和对贫富差距悬殊的不满。其实，在现实生活中也有许多像小女孩一样可怜的人，那就让我们用爱心来帮助他们吧。

难忘的运动会

今天是个令我十分激动的日子，因为今天就是我们一年一度的运动会了。

早上，才三点半我就从床上蹦了下来，迅速换好衣服，摇醒父母，吃完早饭，便飞速赶往我们的集合地点：国泰宾馆。坐上大巴，三十分钟后便到达了运动场。

运动会上的第一个节目就是我们全体六年级学生表演广播体操，大家做得十分认真。当做到全身运动时，我们就变队形，前120个男生做搏击操，女生在两边挥帽子，剩下的男生举着翻花，场面真是十分热闹。表演结束后，比赛就开始了。一百米、二百米、四百米、八百米……运动员们像脱缰的野马一样向前奔去，时不时有人站起来为运动员加油、欢呼。

太阳慢慢移到了头顶，温度也急速升高。有人开始摇起了扇子或者打起了伞，大家的心情开始烦躁起来，注意力也不集中在比赛上了。可我们的运动健儿们却仍在赛道上奔驰，也没有因为天气的炎热和身体的劳累而放弃。我认为，这一点是值得我们敬佩的。

马上迎面接力比赛要开始了，这也是我唯一参加的一项比赛。我觉得腿有些发软，但我还是稳定一下心情。

我总结了一下迎面接力的三要素：看准，抓稳，然后拼命跑。我想也许我不是跑得最快的，但我跑的时候几乎用尽了全身的力气，听到老师的鼓励，我更是玩命跑。到最后，我们跑赢了二班，全班都很高兴。

这是我们小学最后一次运动会了，我一定会将它永远凝刻在心中。

失败是成功之母

曾经有人说过这样的一句话："失败是成功之母。"对于这一观点，我十分认同。

从古至今，有多少项伟大的发明与研究经过了一次又一次的挫折、一次又一次的困难、一次又一次的失败……最终获得了成功。

爱迪生是一位伟大的发明家，世界上最早的灯泡"白炽灯"就是他发明的。在这之前人们都是用蜡烛和灯油照明的。他的这个发明造福了很多的人。然而又有多少人知道他制造灯泡的艰辛呢？根据书上记载，爱迪生在发明灯泡时曾失败过一千多次，但他没有因此而放弃，他相信失败是成功之母，最终他获得了成功。

我国的航天事业也是这样。尽管遭受了无数次的失败，尽管付出了惨重的代价，但坚定而执着的炎黄子孙却始终没有放弃飞离地球的努力。为了顺利完成这项工程，参与这项工程的协作单位多达三千多个，这项实验是那么的精细与艰难，广大科技人员夜以继日地工作，很多人积劳成疾，甚至付出了生命。功夫不负有心人，在 2003 年 10 月 15 日早晨 9 时，"神舟五号"飞船成功地飞向太空。苦尽甘来，没有科技人员的努力，就不会

有这次载人飞船的成功。

失败是成功之母，只要多一点点坚持，多一点点忍耐。

这个六·一"喜、怒、哀、乐"

转眼间，六一就来到，还送给了我们一天的休息时间，我可要好好把握这可贵的休息日。

喜："叮……叮……"我看了看闹铃，噢，六点了，我刚想要起床，忽然想起今天是六一，不用上学。我很高兴，心想终于可以赖床了，于是我翻了个身，继续睡。当我再一次睁眼的时候，一看表，噢，八点了。我想，这次睡的时间够长，于是便翻身下床，去吃饭。

怒：起了床才发现原来家里就剩我一个人了。更可气的是他们都吃完了，只给我留了点米饭，我翻了翻冰箱发现里面貌似只有冻硬了的馒头，最后的结果是我坐在电脑前默默地啃了一上午的面包。

哀：看了一上午的电脑，眼睛有些酸痛。我忽然觉得好孤独，家里除了我和三条鱼以外，一个能喘气的东西都没有。我开始想念李佳司，如果她还在就好了。难道今天这一天就这么荒废掉了吗？我不甘心，可又有什么办法呢？

乐：终于，转机来了。下午，表姐带着我和我的小侄子和另一个小男孩去长春公园。大概是因为六一吧，长春公园里的人格外多，表姐让我们每人选择一项游戏，

而我选择的是射击。一共五十发子弹，我射中了四十五发，最后赢得了一个小水枪。

这是我的最后一个儿童节，以后我就步入青少年了。我会珍存这最后一个儿童节给我留下的回忆。

毕业感言

六年的时光过去了，只剩下一些美好的回忆和对母校、对老师、对同学的留恋和不舍。

忘不了，忘不了我的恩师，您就是勤勤恳恳的园丁，就是默默无闻的春蚕，就是我们心田的春雨。您为我们付出了多少的心血和汗水，我们将永远感激您。参天大树忘不了根须，浩浩江河忘不了源头，我们又怎能忘记自己的老师呢！

忘不了，忘不了我亲爱的同学们。从教室，到走廊，再到操场，都曾留下我们的足迹；欢声笑语撒满了母校的各个角落；从运动场到军训营地都珍藏了我们的友情。忘不了，忘不了我们在一起的每一天。可六年的时光已从指缝中流逝，我又如何能不伤感呢。

忘不了，忘不了我最敬爱的母校。您像一位母亲，用甘甜的乳汁哺育着我们，让我们在您的怀抱里健康快乐成长，又怎能不让我们不舍得您呢，快毕业了，才发现，母校的一草一木，一砖一瓦，都是那样的熟悉，那样的亲切。

我永远不会忘记您——我亲爱的母校。我永远不会忘记您——我敬爱的老师。我永远不会忘记你们——亲爱的同学们。我不会忘记和你们在一起的每一天。

中学部分

ZHONGXUE BUFEN

论三国之"奸雄"——曹操

在罗贯中写的《三国演义》中，给我们留下了许多优秀的人物形象，例如，刘备、关羽、张飞、孙权、周瑜……而给我留下印象最深刻的则是三国之中的"奸雄"曹操。

曹操（公元155年——公元220年），字孟德，小名阿瞒，吉利，沛国谯（今天的安徽省亳州市）人，东汉末年杰出的政治家，军事家，文学家。在政治军事方面，曹操消灭了众多割据势力，统一了中国北方大部分区域，并实行了一系列恢复经济生产和社会秩序的措施，奠定了曹魏立国的基础。文学方面在曹操父子的推动下形成了以三曹（曹操、曹丕、曹植）为代表的建安文学，史称建安风骨，在文学史上留下了光辉的一笔。

"宁教我负天下人，不教天下人负我。"这就是曹操最能突出自己野心的一面。他可以错，但是他的部下不能错。有一句歇后语就是"曹操杀吕伯奢——将错就错"。为得天下，挟天子以令诸侯，此为曹孟德之雄才大略之体现，他不急于求成，知道韬光养晦，不争一时之得，深谋远虑。可是智者千虑必有一失，他有多疑之心无疑是他吃败仗的原因。他的野心也体现在他的生性残忍。为父报仇，攻城屠杀百姓数万，无辜的残骸把城

中都堵得水泄不通。可是他的雄才大略依然为我们今天所传诵。曹操是中国百姓家喻户晓、妇孺皆知的历史人物。千百年来对曹操的评价褒贬不一，誉之者称其为乱世英雄，毁之者称其为逆贼奸臣。

曹操有统一北方的历史功绩，这是无法泯灭的历史事实。在北方统一的战争中，曹操发挥了杰出的才干，官渡之战奠定了统一北方的基础。说曹操是军事家，这点我很同意。有的学者认为曹操是个诗人，我也赞同。因为"对酒当歌，人生几何？""周公吐哺，天下归心"……这样的诗句不是一般文人所能写出来的文学意境。

这就是我心目中的曹操，一个乱世英雄。

讲究方式的阅读

阅读，是每个人必备的能力，也是每个人都应该掌握的充实自我、丰富自我的一种手段，但显然，并不是每个人都愿意去自主阅读。

近日，《朗读者》这个节目正开展得如火如荼，它采用"名人读名篇"的方式，试图去带动更多的人，体味文字的美好及语言的魅力。自节目播出以来，收获的评价褒贬不一，说开了，其实这就是人们对于一种新的阅读方式进行的辩论。有人认为这是一种好的方式，因为它通过语言来生动地展现文学，让有的人在受益匪浅的同时也产生了去阅读名著原文的兴趣；而有的人则认为这不好，认为"名人光环"有时会盖过"文学光环"，或者觉得这种"碎片化阅读"没有多大的意义，或者单纯的不喜欢这种用来"听"的文字。

所以说，关于《朗读者》的优劣褒贬，这个问题并不复杂，无非就是这和新的阅读方式适不适合你，即使不合适，也没关系，那就去寻找一种自己喜欢的阅读方式好了。

比如说，有的人就喜欢抱着那种纸质的"大部头"，在自习室、图书馆或任何一个相对安静的地方，放松自在地、不紧不慢地、去细细品读，逐字逐句地赏析，不慌不忙地积累，在丰富自己的学识外，也在涤荡自己的灵魂。这种将阅读与享受合二为一的方式，难道不也是一种升华自我的过程么？

又比如说，有的人喜欢通过电子设备来阅读，像手机、电脑、平板之类的，内容又多，携带又方便，随时随地空闲时间里便可拿出来翻上几页，既是对头脑的放松，也是对心灵的充电。无论是在旅途中，还是在午休时，与其无休无止地打游戏、刷微博，倒不如让你的电子产品发挥点儿正面作用。

再比如说，有的人表示自己实在是反感读书，一看到文字就头痛。实际上这也不是什么解决不了的大问题，一种新型的阅读方式——有声读物早已推广开来了。开车时，做家务时，或者任何一个较放松的时刻，找一部著作，听别人念给自己，这对于自己来说，不也是一种收获么？

在这个浮华的社会，我衷心期盼能有越来越多的人回归阅读队伍中来，人们总会找到适合自己的那种阅读方式。

主次问题要分清

有一个耳熟能详的成语,叫作"本末倒置"。但孰为本,孰为末,却总是一个让大家不能明明白白分辨的问题。

举一个简单的例子,近年来随着人们生活水平的提高,青少年的体质却在不断地下降,即便有人遇到了这个问题,也迫于对高分的追求,对安全的担忧,忽略了青少年的体能锻炼,阻挠了体育活动的正常进行。

那么现在,问题就出现了:成绩与身体,究竟哪一个更重要呢?

在这个望子成龙、盼女成凤的时代,有太多的家长把自己厚重深沉的期望,一层一层地,堆叠在孩子稚嫩的肩膀上,甚至可以为了出成绩而放弃掉所有的其他,包括孩子的兴趣爱好、也包括孩子身体和心理的健康。很显然,在这些家长的心里,孰轻孰重,一目了然。

但,这难道是正确的吗?太多的青少年被培养成头脑发达而四肢孱弱的运算机器,他们精于应付各类考试,却肩不能扛手不能提,肥胖与近视即将蔓延成为一种"新常态"。更为严重的是,长时间的重压生活使得青少年或多或少受到心理影响。他们变成了经不起一点打击的玻璃娃娃,近年来的"高校生自杀事件"屡见不鲜,令人唏嘘不已的同时也引发了人们的思考。

这样的结果就是人们希望看到的吗？多年来的精心培育最终落下了这样的结局，难道这是被希望的吗？这种对成绩与身体的选择，难道不是一种舍本逐末、主次不分吗？

常言道："身体是革命的本钱。"无论何时、何地、何事，身体的健康永远是最重要的，是任何事都无法与之相比的，这个健康既包括身体的也包括心理的。因为你如果没有一个好的身体支撑，那么，就算你取得了再优异的成绩，达到再高的高度，也是毫无意义的。家长们，你们最终想得到的，到底是一份金光闪闪的履历表，还是一个健康活泼的孩子呢？

当然，这并不意味着家长们就得把孩子培养成四肢健全体态康健但只懂享乐的人。教育是必要的，健康也一样。所以人们最需要的，是让孩子均衡发展。学习的同时也不要忘记身体的锻炼，让孩子全面的成长，成为一个心态健全，身体强健，积极向上地对社会有用的人才。

"本"的意思是树根，"末"的意思是树梢，一棵树的生存成长，固然离不开汲取养分的树根，但要是没有细密繁多的树枝，是没办法长成蓊蓊郁郁的参天大树的，人也是如此。"本"要坚固，"末"也得发展；主要问题要坚守，次要问题也得兼顾。像学习成绩与身体健康，哪个方面也不能落下，这，才是成为栋梁之材的根本途径。

唉，这个妇女节

说实话，这个妇女节我国的并不愉快。

虽说这并不是什么重要节日，但却是法定假日，所以今天是半天。一放学，我就盘算着送妈妈什么礼物，想了半天，我最终决定把我这些天亲手叠的一百多个小星星送给我妈妈。可我居然忽略了最重要的一点：前些日子，我表姐一家由于某些特殊的原因搬到我们家来住了。而问题的关键不在于我的表姐，而在于她的儿子，也就是我的侄子（虽然我很不愿意承认这个称呼），他是一个四岁半的小男孩，可一点也不乖巧，还很倔强。而我恰恰忘记了这点，所以当我把小星星送给妈妈时被那个小子看到了，他一看到小星星就两眼放光，二话没说就把小星星抢走了，而他的爸爸妈妈又没在家。这我

可不干了，连忙把小星星抢回来，那毕竟是我好几天的心血。他看了看我手里的那盒小星星，又看了看我，眼圈一红，"哇"的一声就哭了起来，一边哭还一边嚷嚷："那是我的！我的！"他这一哭我妈就不干了，但我妈不是向着他，而是被他哭烦了。立刻就把那盒小星星又塞给他，说："得，得，得，给你，不许再哭了。"又转过身对我说："好啦，不就是一盒小星星吗，以后再折呗。"我扭头就走。我相信，妈妈看到我现在的脸色一定会吓一跳，因为我的眼睛里跳动着熊熊燃烧的火苗，脸色也因为生气而变得铁青。回到屋里，我躺在床上，回想起我叠星星的过程，要知道，我平时很没耐心，什么事都是三分钟热度。可这回不一样，从开学就开始，一直到现在，我天天都在折。哪怕是只折一两颗，好不容易才折出这么多颗小星星啊。

唉，这次妇女节可真给我留下了一个"深刻"的记忆。

在尝试困难中成长

　　幼时的我经常因为受了一点点委屈就在奶奶的院子前哭泣，那个时候好象一点点的困难就能让我的眼泪如黄河决堤一样。那时奶奶经常说我是个长不大的小女孩！

　　记得那年是个多雨的夏天，奶奶在院子里种下一棵小柿子树，从那以后那棵小柿子树便成了我童年中的重要伙伴。记得有一天，窗外大雨倾盆，我着急地拉着奶奶的手，求她为小柿子树搭个雨棚，奶奶开心地笑了，边拍我的脑袋边轻轻地对我说："它如果要长大，就需要去尝试接受困难。"尝试接受困难？我一点也不理解奶奶的话，无奈地望着暴雨中被暴雨打折的小枝干和飘落满地的碎叶，伤心地哭泣！

　　再到后来，我发觉奶奶对小柿子树的行为越来越奇怪，她不仅不在暴雨天为小柿树搭雨棚，反而在艳阳高照的季节里，用"可恨的剪刀"把小柿子树的一些枝条剪去。我愤怒地质问奶奶："你为什么这么心狠地伤害小柿子树？"奶奶仍然是笑着摇了摇头，还是说了一句："它需要尝试接受困难。"便自行离开了。

　　等我再长大一些后，因为学校远我离开了奶奶家和奶奶家的小院子。每当在学校的学习生活不如意时，我常常回忆在小院时的快乐时光。每当我因为同学的误解或是考试成绩不理想而暗自神伤时，我总会想起奶奶说的话，想起在暴风雨中那棵挺立的小柿子树。在不知不觉中我好像有一点明白了奶奶说的话。

我逐渐长大，生活中每当我再遇到困难时，我不再流泪，而是勇敢地面对困难，迎接挑战，我尝试着参加学校的各种竞赛，在我与一次次困难的较量中我彻底明白了奶奶的话。

又是一个暑假，我回到了奶奶的院子前，望着那棵由小树已经成长为如今茂密翠绿的大柿子树，我抚摸着它身上密布的伤痕，回想着奶奶总说的那句话，心中忽然记起一句古训："古今成大事者，不唯有超世之才，亦必有坚韧不拔之志。"

如果没有暴风雨的磨砺，小柿子树又怎能激发出无

尽的求生潜能，如果没有经受一次次的刀痕，小柿子树又怎么能长出强壮的枝干，从而成长为参天大树呢？这一切不都是在磨砺小柿子树"坚韧不拔之志吗"？如今小柿子树长成了参天大树，而我也从原来那个一遇到困难就哭哭啼啼的小女孩成长为一个敢于面对一切困难的大女孩了。"尝试着接受困难"这不仅仅是小柿子树的成长过程，更是我的成长过程。

突然，已是满头银发的奶奶出现在我身后，奶奶轻轻地拍我的肩头，笑着对我说："不错，我孙女已经长大啦。"是啊，我也笑了，"我在尝试着去接受困难，慢慢地在困难中成长了。"

第一次心碎

　　心动虽无痕，心碎却有声，就宛如玻璃在地上打碎的声音，清脆、剔透。殊不知心碎的感觉，竟然是那样让人难以释怀，第一次心碎，就让我彻底领略了人间冷暖。

　　那是一个冬天的傍晚，湛蓝的天空泛着淡淡的金黄，路上来来往往的行人急着回家吃晚饭，我与好友漫步在街上，遇见了一对老夫妻，两位老人衣着朴素，身穿有点泛旧的藏青色衣服，衣服上好像还挂着些尘土，大概是从乡下进城的两位农民。突然，那位老妇人上前焦急地拉住我们说："小同学，麻烦你们，我们是进城来看儿子的，可不知道儿子在哪，我俩都一天没吃东西了，身上的钱也都花光了，能帮帮忙，让我们吃个饭吗？"

　　"真对不起，我没有带钱。"好朋友抢先打破沉默许久的寂静。我内心犹豫不定，我兜里只有父母早上刚给买书的十元钱，假若帮助给了他们，我回家怎么说？可是看到他们那么可怜，不去帮助我真的又于心不忍，我看着他们的眼神中夹杂着一丝丝乞求，我还是答应了，带他们找地方吃饭，可没走几步，就见他们停了下来，原来是一个卖面条的小摊子。那个老爷爷显得很急切，

"给我们来一碗面条。"那摊主歪头看了看站在一旁的我，眼神中似乎透着一点点不屑。老人急忙说："只要一碗就够了。"我帮他们付了钱，同好朋友就一起走了。朋友给我说那人一定是个骗子，我没有理会他的看法，回到家后，我把剩余的2元钱还给爸爸，希望能够得到爸爸的支持。

爸爸没有责怪我，认真地对我说："刘睿你做的没错，助人为乐应该，但现在社会上骗子很多，有些人就专门找像你们学生下手，利用了你们的善良和天真，今后遇事一定要三思，不要冲动做出决定。"面对朋友的质疑，爸爸的提醒，我却依然没有理解，我做错了吗？那天晚上我自己静静地躺在床上思索着，我如果有一天也像那对老夫妻一样，举目无亲，伸手无助，心灵上还要承受着一次次被拒绝的刺痛，一双双犀利的目光，一次次鄙夷的眼神……我无法想象那时的我会怎样。现在人心怎么了？想着世态炎凉，那一刻我的心真的碎了，不知是为了那对老夫妻而叹息，还是为世人恐惧的心态而难过，我只知道，那是我今生中第一次心碎，无比难受。

生活还要继续下去，我并不用再去计较别人的闲言碎语，只要我努力做好自己就足够了，生活中有很多时候或许真不要太在意别人的看法。第一次心碎，让我也明白了人间有冷暖，做人也不易。

我渴望母亲有一份工作

母亲终于又找到了一份工作！

农忙刚过，四姨打电话告诉母亲，说帮她找到了一份清闲的工作。得到这个消息，全家一下高兴起来。母亲在农田里忙活了大半辈子，每天风吹日晒，起早贪黑，如今终于可以解放了，可以过上相对清闲的生活了，作为女儿的我又怎么能不高兴呢？

接到四姨的电话后，母亲便忙着收拾东西。突然她停了下来，悠悠凑到我跟前说："我……我还没有身份证。"我也是一惊："妈你怎么会没身份证呢？如果没有身份证不就去不成了吗？"母亲的脸一下变脸红了："我从来没有想过要到城里打工，而且办身份证还要花钱。"我让自己冷静下来，仔细地想了想说："要不先用四姨的吧，亲姐妹两个，长得又挺像的！"母亲听后想了想，笑了。

进城那天，母亲笑得很开心，对我一遍又一遍地叮嘱后，才满怀信心上了车。看着母亲远去的客车，我的心中也美滋滋的，"母亲终于不用再在田地里受苦了"。

第三天的中午，太阳格外的耀眼，热的让人一动都

不想动，好像要把一切都烤焦一样。我自己正在屋里写作业，突然，房间的门被轻轻地推开了，母亲伸进头看见了我，脸上堆着勉强的笑容。我猛地站了起来。"妈，你怎么回来了？""妈还是放心不下你，不想在外面工作了。"她说话时眼睛一直在逃避着我。"你撒谎，一定是有什么隐情。"我很认真地问。母亲没有再说话，只是用粗糙的手从口袋里拿出四姨的身份证递给我，很为难地说："他们说身份证和我不像。"我心里酸酸的，眼泪一下子流了下来，看着身份证——现在四姨怎么还会像母亲呢！黝黑的脸上刻着岁月留下的深深的皱纹，怎能与这白皙而美丽的脸相比？母亲那已花白的头发怎能与这黑亮烫着小波浪的头发相比……

　　我心里突然产生一种负罪感，母亲四姐妹中，她是生活过得最苦的一个。自从父亲去世后，母亲便一个人坚强地支撑着家，为了我和妹妹上学的学费，一个人承包了六亩多田，天天起早贪黑没有一天休息，这样的日子她已默默坚守了十多年，从未给人讲过苦累。我一下抱住母亲，泪如雨下，嘴里叫着妈妈。

　　母亲擦去了我脸上的泪水，拍拍我笑着说："孩子没事的，还好没过播种期，种田一样挣钱生活。"说完，母亲拿起那顶旧草帽，扛起锄头，顶着炎炎烈日又向田里走去。

看着母亲的背影，我的眼泪又止不住流了下来。

我内心多么渴望母亲也能找份室内工作，过上城里人幸福的生活！

我多么希望老师的目光为我停留

老师有个习惯，总喜欢敲一下桌子，把他喜欢的学生叫走，在他的办公室里表扬、批评、辅导……

又有一位同学被老师叫出去了。可老师的目光从来不在我这里停留，如果能够叫我出去一次，哪怕是对我训斥一番，我也愿意。

晚自习上，老师又开始把同学叫出去。他用熟悉的节奏习惯性地敲完桌子，然后一言不发地在前面走。一个又一个同学从我面前走过，每天我都期待自己被叫走，可我的期待从未发生过。终于，有一天老师的手落在我的桌子上了，他还是用手轻轻地敲了一下桌子，示意跟他出去。我当时整个心都似乎要跳了起来，我激动的眼泪都快要出来了，兴奋中，热血沸腾了。

可就在我刚要站起的瞬间，同桌猛地站起来走了过去，老师回头看了一下，继续走了。我的心一下茫然了，看着同桌远远地跟着老师走出去的背影，那颗刚刚沸腾的心一下子凉透了，感觉到身上有些冷了，瞬间僵直地待在那里，一动也没有动。我感觉到了内心中的那种绞痛和没落，我突然明白，那或许就是人们所说的——孤独。

周日是我最喜欢的日子，我独自一个人走在那条熟悉的小路上，往日穿梭的人群不见了踪影，寂静得让人都感到害怕，仿佛四周的花草树木都充满了敌意。突然，狂风四起，周围的树木也跟着厮杀起来，强烈碰撞着，撕扯着，不停地有树枝掉下，好像要把对方置于死地而后快，我越发感到了无助的恐惧。

无意间，我发现了山间的一条小河，虽然在最低处，但清清的河水随风缓缓地流淌，与世无争。我静静观看着那小河，沉思着，忘记了风的疯狂，寂寞的恐惧，思绪随流水飘向遥远的过去。

以前，我也是一个活泼开朗、聪明大方、有主见成绩好的女孩，一直也都享受着别人羡慕的眼光。可是现在，我成绩一落千丈，生活糟得一塌糊涂，甚至连我自己都不认得我到底还是不是我，我再也不是在老师面前那个天天得宠的好学生了，再也不是……

想着想着，我感到内心的伤痛和丝丝的酸楚，泪水滑落，滑落在脚下的草叶上，顶着狂风，映着阳光依然闪闪发光。

"我绝不能再沉沦下去了。"我大声地朝小河喊去。山谷回应着我，给我无穷的力量，我猛地转过身，快速离开了那条小河，越跑越快……

自那以后，我突然变了，变回了原来的我。我的生活又充满了阳光，学习成绩不停地刷新，我又跑向了小

河向它道谢，小河仍旧静静地流淌着，微微地笑着。

又是最后一节晚自习，老师照样敲着同学的桌子，我已经没有过去的焦急和期待了，仍旧安心地写着卷子，突然，老师那双久违的手终于敲响了我的桌子。

高中部分

GAOZHONG BUFEN

宠物

　　我特别喜欢小动物，但显然，我并不适合养宠物。

　　平心而论，我对大部分非人类的生命体都怀有极大的兴趣，特别是对那种毛茸茸的或其他摸起来手感好的物种更是完全没有抵抗的能力，但可悲的是由于本人自身的三分钟热血以及家人不太赞成的态度，这些可怜的、落到我手里的小生命通常都不会有太好的结局。

　　我养过一只蜗牛，很大，大概有小学时的我的半只拳头大，待在一间透明的塑料盒子里，靠着一点菜叶生存，活得十分简朴。但几周后，它再没从自己的壳里探出头来，又过几天，连蜗带盒从家里一起消失不见了。

　　我养过两只巴西龟，较瓶盖大点儿有限，它们的生活就小资多了，有食、游泳池。但很不幸，那时的我太小了，不知道从哪里看到说乌龟要冬眠，我就找了个铁盒，搁点土，把两只乌龟塞进去，盖上盖，再没管过。过了近两月，当我想起那两只乌龟，它俩已经变成了两具栩栩如生的标本。那一整个下午，房间里回荡着我悲恐的号哭。

　　我养过几只小鸡，养了得有几周，明明都在渐渐退去绒毛长出羽翼，却不知为何患了病，虚弱地睁不开眼睛，站不起身，叫不出声，慢慢地，没了气息。

　　我养过仓鼠，两只，瞒着父母养的。养到了第三天，其中的一只把另一只给活活咬死了，当我发现的时候，它还在另一只的尸体上。整段喉管被咬的血肉模糊。等到了第五天，"凶手"也不明不白地死了。时至今日，路过卖仓鼠的地方我还是一阵胆战心惊。

　　我还养过一只狗，说起来，这是只与我最有缘也最无缘的小家伙了。一天我回家，已经走到了三楼的家门口，隐约注意到角落里好像有什么东西。一看，是只小狗崽，撑死三个月大，我把它带回了家。起初母亲不让养，于是我抱着狗坐在地上流眼泪，最后死乞白赖地争到它的抚养权。那几天，真的是我最开心的日子，尽管我还没来得及教会它在指定的地方上厕所，还没来得及让父母对它的形象认识改观（因为他们始终觉得它长得像只猴子），因为就在一周后，当我回家才发现，父母已经在没问我意见的前提下把狗送人了。这次，我没哭，因为我总算认清了一些现实。

　　很不幸，但又很幸运的是，我至今还未曾"祸害"过我最喜欢的动物——猫。但我也想通了，我决定了，直到我搬出去之前，我不会再养动物了。

　　在我未来的构想中，一间不用太大的房子内，有我，和两只猫，一只狗，也许还有几只鸟，几条鱼……不过，那都是以后的事了。

对的人

　　人的一生充满了选择，有些是被动，有些是主动。

　　你会去学什么，你会去做什么，你会爱上谁，你会与谁相伴终生，这都是未知数。

　　主任徐北乔与恋人相识相恋十年，惨遭背叛，又遇到了另一个主人公丰毅，他们决定假结婚。除了徐北乔想要最后重击前任并彻底摆脱过去这一原因，更主要的是丰毅需要为他真正的爱人铺好路。两个本应毫无交集的人就这么纠结在一起。后来二人情愫暗生，丰毅也很快发现那个原本与自己相知五年的人，他们其实并不是彼此心中的"那个人"，期间又各种分分合合，情仇恩怨，当一切归于平淡之后，当他们终于确认彼此就是那个"对的人"之后，故事就迎来了HappyEnding。

　　这个故事让我触动最深的，不是它的剧情，也不是它的文笔，而是它所带给我的思考。人生是漫长的，是充满着不确定因素的，人生也不是小说，不会有剧本来告诉你，"看！你会和那个人进行一场虐恋情深，然后老死不相往来。""嘿！那个人会和你相伴一生，你们会幸福的！""哦抱歉，恐怕你得孤独终老了……"虽然不得不承认，人生正是有了这些不确定才会丰富而精彩。但，我还是要说，这种感觉总是令我心慌而不安。

我羡慕徐北乔，陪着错误的人蹉跎自己的十年，但最后却能幸运地遇上丰毅，遇上这个"对的人"。但如果放在现实中，即使你发现你已经在错误的人身上白白浪费掉大好的十年时光，你也没那个勇气，毅然决然地放手，而往往彼此死死地纠缠着，最后在抱怨中结束一生。对于我而言，这样的现实比恐怖故事的结尾还要可怕。

他们是幸运的，也是幸福的。隔着薄薄的纸，淡淡的字，这边的我在羡慕着、在向往着、在怀疑着、在幻想着……

圈

人这种东西，始终活在圈子里。

在家里，一家人就是一个圈。出了家门，一所学校，一家公司，就是一个圈，一个班级，一个部门又是一个圈，与自己私交甚密的好友就又是一个圈，放在社会上来说，种类就更多了。爱吃甜是一个圈，喜欢咸是一个圈，喜欢同部电影是一个圈，喜欢同个明星是一个圈……简而言之，大到世界，小到个人，都是一个个独立的圈。

每个人的交际圈都是由这样一个一个有大有小或相交或相离的圈子组成的，其实，与其说是"圈"，不如形容成各种帮派、阵营更恰当些，尤其是现在大多数的人都将一句流传下的古话贯彻得非常彻底："非我族类，其心必异。"而这个"族类"放到现在，可代指的东西就海了去了。

人类总是能够或主动或被动地组成对立阵营，无论是关于什么，就像爱猫的与爱狗的互相瞧不上，糖粽党与肉粽党彼此看不惯，彩虹派与恐同症相看两相厌……哪怕只是就一个微小的话题讨论，两方观点对立的人士唇枪舌剑到不亦乐乎，尽管总会有些试图中立的人士，但内心的偏向总会不可避免地出现偏差。

　　如果不在同一个圈里，总会感觉有那么一道隔阂。所以有些关乎兴趣爱好的圈差不多是可以随便进入的，就像开始粉了哪个明星，看了哪部剧，读了哪本书，玩了哪个游戏，都算是"入圈"。当然，有"入"就有"退"，不过，这都是个人自己的事了。

　　我，不是很喜欢这种圈子的交流，不喜欢这种被固定在一个范围里的感受。于是，我决定做"自由人"，随意在各种圈内进出，却不多加停留。

　　我喜欢站在圈外面，静静地，看着圈内的你们。

过檐喜识四季彩，穿堂惊掠琵琶声
——读《穿堂惊掠琵琶声》有感

合上书的最后一页，我闭上眼，深吸口气，感受着从肺腑之间浸散到空腔鼻翼中的氤氲茶香，平淡、轻和，却又回味绵长。安静地靠在椅背上，我听见那曲传堂而来，踏着风，细碎而清亮的琵琶；我看见，那座小院之中，两个人，品赏那一院四季的悠长。

孟新堂，工程师，爱好是剪报；沈识檐，会弹琵琶的医生，爱好是听收音机。看着这两个活的仿佛身处在20世纪一般恬淡的两个人，相识、相知、相爱，总是会忍俊不禁地染上一副笑模样。没有轰轰烈烈，没有烈火干柴，有的只是两个知心的人的细水长流。如果现在将这种小说里的爱情做个比喻，那么，别家的爱情，像酒，有红酒的醇厚，有白酒的浓烈，有啤酒的浮华，读过后总会让人有心神迷醉之感。而他们的爱情则不然，像茶，虽清苦而回甘，读过后，只会涤荡、沉淀人的内心。

除去对于爱情的描写，作者用朴实凝练的笔触，挑开了许多锋利的事实，震颤着人们的心：沈识檐的父亲是名医生，更是一位英雄，他去过抗击非典的前线，身后是家人们默默地，执着的守护。可，就是这样一位英雄，却死在了后来的一次医闹事故中，他战胜了疾病，却没赢过人心。时至今日，我依然忘不了，当沈识檐仍决定学医的时候，母亲说过的一番话，她说："我从来都不怕你成为一个英雄，哪怕那时候你父亲真的在非典中牺牲了，我都不会让你换个职业。但，英雄不该是这样的结束，不该被辜负，不该这样离开。"实话说，从来没有过哪段文字会这般震慑我，甚至略一回想，都要忍不住湿了眼眶，因为，这样的事实太令人痛心，痛心之后又是止不住的愤怒，最后化成了一股浓浓的哀伤，因为，这就是"现实"。

另一个"事实"，说的则是孟新堂一家，孟新堂及父母都是从事国家科研工作的工程师，专注"高精尖"且机密性强的工程设计实验。这样的身份，一家人一年都见不上一面是常事，三年五载都难见上一回。他们难道不想回家吗？他们难道不想与家人团聚吗？但他们手中的，不只是一份职业，一份工作，而是一份操守，一份信念，一份理想。孟新堂一家，不仅仅是小说里的一段情节，它所饱含的，是作者对那些牺牲小我报效祖国的人们致以最崇高的敬意。

于是沈识檐去做了医生，孟新堂去做了武器工程师。一个去到地震区抢险，在医务救援第一线中给自己留下了一道抹不去的旧伤；一个去到戈壁荒漠，在盖地乌云下捧起一撮黄土轻嗅着那代表试验成功的硝烟。

他们，是值得敬佩的。

当这样的他们，相爱的时候：

沈识檐说：我喜欢医生这个职业，因为那是一个迎来送往生命的地方。

孟新堂说：我尊重你。

孟新堂说：我不知道我能空出多少的时间来陪伴我的爱人，我只能说尽我所能，但那是我的责任，我的信念。

沈识檐说：我等你。

隐约间，我感到一阵风拂过来，夹着一道花香，是那种能传到七八里外的香味。我看到两个人，站在小院中。

一人问："用我这一腔爱意，换与你同看一院的四季，可好？"

另一人笑的开怀，半晌后才应道："好。"

我静静地看着，静静地笑着，静静地落下泪来。

风离开的时候，吹开了那一扇摊在窗边的剪报，那带着花与墨香的最新一页。

那是一句话和一幅画，画着一束胜过满天繁星的花。

"想买束花给你，可街口的花店没开，我又实在想买。"

天气

我喜欢大风天，因为可以听见风的声音。

隔着窗子，可以听见窗外的大风因没有闯入成功，一边咆哮着，一边朝窗子撞过来，发出"嘭嘭"的响声。我总爱趴在窗边，笑眯眯地看着它不情不愿地扒着屋檐，用尖锐的爪子在玻璃上留下了几道回响，然后扭头愤愤地扯下一段树枝，像个闹人的长不大的孩子。

我喜欢大雨天，因为可以听见雨的声音。

雨滴密密匝匝地扑向枝叶，撞进墙壁，砸上窗户，清澈的、细密的，像位懒懒的、随性的老爷子。我总会趴在窗边，拉开窗户，让它能稍稍探进头来，看着它"吧嗒吧嗒"地抽着水烟，听它用沙哑的嗓子絮絮叨叨地讲着外面的故事，时不时地咳几声，打个喷嚏，也不甚在意。

我喜欢大雪天，因为可以听见雪的声音。

雪，总是安静的，只有你仔细听，才能听见它滑过这个世界时留下的"飒飒"响声，轻柔的，像翻动一本古籍，腼腆的，像个姑娘，总是轻声细语的。我总爱趴在窗边，看它捧着大团大团的绒絮，给世界裹上一层莹润的白。它有时也会送来几片雪晶，挂上我的眼睫，落在我的鼻尖，我只是笑着，任由它们化成水滴滑落，滑进了内心最柔

软的地方。

我不喜欢晴天，因为，我什么都听不见。

明亮的，强烈的，热辣的阳光，把一切都晒的虚虚的，懒懒的，什么都不愿意活动，什么都不愿意作声，至多会有些小虫在声嘶力竭地挣扎，叫得悲凉。

但，天晴的日子，总是最多的。

我只能在心里白衷地期盼着，大风、雨、雪的到来。

歌声

我总能在上课的时候听见另一个班级的歌声，也不知道是在楼上、楼下还是隔壁，时不时就会响起全班合唱的声音，一下课就听不见了。

唱的歌总是同一首，一首很经典的英文歌，我很多年前就听过，内容大概是关于未来的理想。一次两次还好，时间一长我就有点烦了，可又没办法发作，谁让班里的其他同学都是好脾气，没人曾抱怨过，仿佛听不见一样。

一个平日里与我关系不错、时常打打闹闹开开玩笑的同学突然问我："诶，这几天旁边那班一直在唱的歌叫什么啊？好好听？"我突然灵光一闪，一股坏水就冒了出来："你说什么呢？什么歌声？"看她一瞬间变得迷茫，我赶紧一边给周围的同学使眼色，一边向他们问道："那个，你们有听到什么歌声吗？"马上就有几种配合我的声音，"诶？没啊咦！""你们在说什么？什么歌？""没听见。"我又回头瞧了眼那个问我话的同学，她的脸色已经变了。很好，目的达到了。因为我这个朋友，最是胆小，根本听不得什么鬼啊神啊的灵异故事。我忽然装出一副很害怕的样子，把她拉到一边，神神道道地对她说："喂，我可听说，咱学校以前出过事，说

有一整个班，也是高三，准备着高中最后一次歌唱比赛，也是天天练歌，结果七赛当天出了车祸，一个都没能回来。据说从此以后，总有人能听见有个班在上课时唱歌，但那些人，后来……也全部……你该不会是听到那个了吧？"这当然是我瞎编的，连脑子都没过，她却当了真，神情恍惚地回了座位。我看在了眼里，憋笑都快憋出内伤。

过了两天，那个女生没来上学，从那以后，她再没出现过。后来听别人说，她是出了车祸，没能抢救过来。我被吓了一跳，"该不会我瞎说的话成真了……""啊？什么成真？"我才发现自己不小心说出来了。"啊，没什么，就……有点感叹，好好的一个人……""唉，可不是，不过我看她之前几天状态就不太对劲，一直念叨着什么歌声，还非得问我们听没听见，难不成，是神经出了问题？"我神色一凛，"等一下，你，你们真的没听到过有什么歌声吗？在上课的时候？"他们都是一脸的茫然。

上课铃响了，我怔怔地回到了座位上，脑子里乱嗡嗡的一片，恍惚中，歌声再次响起，这一次，很近，仿佛就在背后，有一个班的学生，一边唱着歌，一边死死地盯着我……

（纯属虚构）

119

井底之蛙

从前，有一只青蛙，住在井底。

它从不觉得自己生活的地方有多小，有充足的食物和水，头顶上那片圆咕隆咚的天空刚好可以让阳光和雨水透进来。它觉得，这就足够了，这样的生活，很舒适，很幸福。

突然有一天，它被一只打水的桶意外地带出了井底，跳出了那圈小小的井口，青蛙发现，自己的认识被颠覆了：原来天空不是小小的一圈，而是一大片的，看不到边的铺盖；原来世界上除了幽暗的井壁，黏滑的苔藓，潮湿的泥土，还有草地、花丛、山坡……它开始反思自己的无知，并被外面这么绚烂的世界给迷花了眼。

青蛙开始在井外的世界游荡，直到它看见一条蛇。青蛙冲它打招呼："嘿，你好吗？"蛇"嘶嘶"地吐着信子："唔，其实不太好，不过我想，你可能要更糟。""呃，为什么？""因为，我还没吃午饭呢。"说着，蛇猛地弹出，扑向青蛙，青蛙惊得一跃而起，几个弹跳跳得远远的，头也不回地逃开。

青蛙跳啊跳的，跳了很久，终于累得不行了，趴在一段石阶上喘气，突然一个倒扣的玻璃瓶从天而降，隔

着厚厚的瓶壁，它听见一个孩子尖利的笑声，"看啊！我抓到一只青蛙！我要让妈妈把它炖成汤！"青蛙猛地一发力，撞翻了玻璃瓶，连蛙带瓶跌下台阶。"骨碌碌"地滚出去好远，在小孩的惊呼声中，晕头涨脑的青蛙钻出瓶口，跳向草丛的深处。

之后的一段时间里，青蛙躲过了老鹰的俯冲，险些被卷进马车轮子变成一坨肉泥，钻进池塘里逃避野狗野猫……一路的惊险刺激，可它只是一只小小的青蛙，不过幸运的是，目前为止它仍是全须全尾的。

终于，疲惫不堪的青蛙又回到了最开始的井边，它爬到了井沿上，最后回头看了一眼外面的世界，毫不犹豫地跳进了井里。

很多年以后，青蛙的旁边又多了一只青蛙，年幼的、天真的、充满好奇的一只小青蛙。

小青蛙问青蛙："爸爸，天空只有这么大的吗？"

青蛙闭上眼睛，它想到了外面那一望无际的、铺天盖地的蓝天，它想到了那花、那草、那山坡、那树林、那池塘，还有那条蛇，那只鹰，那个玻璃杯，那个绞肉机似的车轮……

青蛙想了很久，久到小青蛙几乎要以为它已经睡着了，它才缓缓地睁开眼，回过头看向小青蛙，然后说：

"是呀，天空啊，就是这么大。"

怀念

人呐，就是活在记忆里的动物。

有的时候，我会突然想起"我曾有什么什么书"或"我曾经有什么什么东西"，而现在，它们又在哪儿呢？有时能记起来，"哦，大概是在什么什么时候就已经被丢掉了。"有时回忆不起来，就会感到一阵莫名失落。所以，我最不爱听的一句话就是"收拾下物资，把你不要的东西都扔掉"。可我什么也不愿丢掉，再没有用的东西，至少上面还挂着一份我的惦记。我就是这么念旧。

可，这个世界总是在变的，东西也罢，人也罢，都是在变的，那都是我阻止不了的。所以，我总是会不可控地，沉浸在怀念的情绪里。

小区里曾经有个花园，长长的一段石子路圈住了几个圆形的花坛，东南角处还建了一座小亭子，里面搭着石桌石椅，挺雅致的一个地方，早在几年前就被拆了个干净，我每回路过都会停住一会儿，回想着曾经的模样，再对比着现在的光秃秃的草皮，只剩下一声叹息。

有时候，偶然间碰上一个很久没见过面的朋友，彼此寒暄几句，除了问候几句现状，说着说着话题就总会回到过去，都要忍不住感慨一句物是人非。平日里翻翻

通讯录，看着那些逐渐陌生的姓名，脑海中的形象也在渐渐模糊，只有过去的某段记忆还在鲜活地跃动，用一句歌词形容再合适不过了：他们都老了吧，他们在哪里呀，我们就这样，各自奔天涯。偶尔遇见了谁，或得到了谁的消息，总要忍不住惊呼一声：他／她现在怎么变成这样啦？不过想想，也不再觉得有什么奇怪了，人都是会变的。

　　怀旧的人，也是最孤独的人，因为很多很多，被人遗忘的记忆，只有我独自珍藏，像一个留守在荒岛上的人，默默守护着最后的宝藏，直到地老天荒，直到自己也被遗忘。

一点点

我不需要太多，只要一点点，一点点就好。

一点点水，一点点养料。

一点点阳光，一点点微笑。

我不需要太多，只想要一个小小的拥抱。

让这颗易碎的灵魂，

得到一点点的慰藉和依靠。

晚安

我累了，
我在黑色的星期天睡着了，
再也没有醒过来。

困

头，越来越沉，越来越沉，是手腕几乎支撑不住的重量。

这个时候就不再嫌弃过长的、垂下来能盖住半边脸的刘海，像窗帘，能遮挡住大部分的光线。

眼睛又酸又干又涩，如同老旧机器里磨损过头的零部件，间或一轮，隐约能听见绷紧的神经"咯吱咯吱"运转的声音。

两边太阳穴一突一突的，身上有些凉，只有脑袋热的发昏。感觉自己的全身都在挣扎着想要摆脱控制。

眼珠在不断震颤，几乎能让人感觉要晕过去的频率。从上到下，每一块肌肉都在一阵阵地抽痛，它们勾结着脑部神经，一起尖叫。

周围所有的声音，突然变得特别清晰，从一边流进，另一边流出，匆匆而过，却什么痕迹也没能留下。

一团黑出现在视线中央，逐渐蔓延，向四周扩散。

恍恍惚惚地，失去了对一切的掌控力。

最后一丝光线，消失了……

诉说者与倾听者

世界上有这样一群人，每个人身上都由"诉说"与"倾听"两个方面主导。

"诉说"是人们主动热情地向别人讲述自己的观点或言论，而"倾听"则是耐心认真地听完别人的发言并有着自己的理解和看法。

相对来说，更加擅长"诉说"的人，称之为"诉说者"，反之，就是"倾听者"。

我，就是一名"倾听者"，因为比起滔滔不绝地讲话，我更愿意安安静静地倾听别人的发言，然后自己加以评析。不过即便如此，我也有自己的想法，也会有想要表达、想要倾诉的时候。

但，不知是从什么时候开始，这个世界上，放眼望去，大多都是变得越来越激进的"诉说者"，他们总是在吵吵嚷嚷地说话，并强迫别人认同他们的观点，却不愿意稍微耐心一点，停一下去听听别人的意见。逐渐，许多理性一些的"诉说者"和"倾听者"也改换了门庭，要么加入附和的队伍，要么参与进对立面，让双方对彼此进行热烈的抨击。愿意倾听的人，越来越少了。

我试图挣扎过、劝解过，最后只碰了一鼻子灰，人们都只对自己的话题感兴趣，并且都想当发言人，没有人理会我。

我开始变得有些烦躁，我不再愿意去倾听，也不愿意去诉说。这个世界已经混乱了，他们都不知道除自己以外的人都在说些什么想些什么，反正他们也不在意就是了。

我面对着他们，就好像面对着满满一缸的金鱼，隔着扭曲的玻璃与清水，无数张嘴吧一开一合，可什么也听不见。

吃什么

我的饮食习惯十分不健康，这我自己心里清楚得很。

煎烤炸，油烫辣，纯血种的食肉动物。喜欢零食，巧克力冰激凌都是心头好。沉浸在高热量高脂肪的垃圾食品里无法自拔。

不止一个人提醒过我，要膳食均衡、饮食健康，多吃绿色食品，总吃那些东西容易损害人体机能。但我从来就不在意这些，一是仗着年纪小，身体恢复力强，所以无所顾忌；二是因为我一直秉承着这样一种信念："吃喜欢的食物，过短命的人生。"

本来就是嘛，人生苦短，吃好喝好难道不重要吗？何必每日过得像苦行僧一般。人有旦夕祸福，谁知道自己哪一天就再也吃不到了，那多遗憾。

抱着这样的心态，我的饮食生活过得十分肆意。但很快，我的"现世报"就应了下来：我患上了慢性的胃肠疾病，平日里倒是也不碍着什么事，但我若是再敢像从前那样不管不顾地大吃油腻荤腥，铁定要难受上好一阵子，恶心，胃疼，再吃什么都没了滋味儿。

这下可好，我到了与自己的心愿完全相反的境地：多吃那种清淡净口的食物。这样才能让我的肠胃更健康！

　　饮食健康，才能身体健康。仔细思索，人生的乐趣不仅仅在于"吃"字上，人生的乐趣要远远多于"吃"字。

　　那么，今天的我，到底该吃些什么呢？我的心里已经有了很好的答案。

死亡

曾经有人说过：大人最怕与孩子谈论的话题，一是公平，二是死亡。前者无法保证、无法实现，后者不可预料、不可避免。

难以理解，但大人们总是对"死"这个字眼讳莫如深。小时候我养的兔子死掉了，我又难过又害怕地哭着找父亲，父亲就耐心也跟我解释死亡是一种正常现象，任何动物死了以后就是一坨肉，没什么好怕的，因为这是必然的归宿。我记住了，但后来我发现，如果我谈及"人的死亡"，大人们总是会变了脸色，要么呵斥我住口，要么生硬地转移话题。仿佛多说一个字身上就会多添一层晦气。

在很小的时候，我对于死亡总有一种不可抑制的恐惧。我常常会发呆，想象着死亡之后的感觉：在无尽的黑暗里沉沦，什么也看不见，什么也听不到，什么都说不出，什么都做不了，被禁锢在虚空之中，然后，一点点被现世的人们遗忘，直到这个世界上再也没有什么东西或什么人能证明我曾经存在过，我，就这么，彻彻底底地消失了……每每想到这，我都觉得浑身发冷，几乎要被自己的幻想吓到哭出来。

　　但现在，我也已差不多长大了，心态也在渐渐改变，我不再过分地恐惧，因为这是所有的生灵注定的终点，它是公平的，谁也躲不开，谁也落不下。我曾看到过这么一段话：每个人都会有三次死亡，第一次是当你的躯干被宣布已经停止了生命活动迹象的时候，第二次是在你的葬礼上被所有与你有关的人了解到你去世的消息的时候，而第三次，则是当你被所有人遗忘的时候，也就意味着，你真正的死亡。

　　不过，就算是安生活着，真正认识你了解你的人，也就那么多，当然那些"名人"暂且不提，只是说像我这样的普通人。我的生与死，没有人会去刻意铭记，再去执着死后是否被遗忘也没什么意义，毕竟生前也没什么人认识。

　　我终于能坦然面对着这个大概会让很多人十分不适的话题，很是恬淡。

　　死亡，也许未必是结束。

　　死亡，也许是一个新的开始。

父亲

我的父亲，总想让我写篇文章，叫"我的父亲"。

我只是觉得，即使到了现在这个年纪，还是没有办法完全领悟"父亲"两字的深意。等到足够成熟的时候，等到我有着足够阅历的时候，经过岁月的淋洗和沉淀，我才会有资格写好这篇文章。

而现在，不过是粗浅之谈罢了。

在我小的时候，多小呢？12岁以前吧，那个时候，在我的眼中，父亲是无所不能的，他知道电器坏了怎么修，灯泡坏了怎么换；他知道我每一件找不到的东西都放在哪里；他会帮我解决我所有没办法独自处理的难题。父亲的形象几乎要被我镀上宗教神学的光辉，和基督教中全知全能的耶和华齐头并进，父亲可以对我所有的疑问进行解惑，他的言论对于我来说就如同真理一般。

渐渐地我长大了，开始有了自己独立的人格与思想，父亲的形象在我的眼中也慢慢发生了改变。父亲原来不是全知全能的，他也有做不出的题，他也有找不到的东西；我的身高正在逐渐向他逼近，他不再是那个可供我任意攀爬的高山；我们的思想开始产生分歧，时常会听见他的抱怨："怎么越来越不像我了呢？"我才注意到，原来父亲的肩上一直挑着的担子有多么重，背后的压力有多么大。

我的父亲，已经褪去了记忆中的活力与朝气，眼角与眉心处的褶皱是岁月的磨砺与智慧的印迹。父亲像是一棵正值壮年但已逐渐走过了鼎盛时期的大树，而我，又是个羽毛刚刚长齐，还不算丰满，一直蜷缩在树冠的庇护下，未曾接受过暴风骤雨的拍打，却对外面的天空充满好奇时刻准备跃跃欲试的一只小鸟，我已经从父亲身后的"小尾巴"，长成了另一个全新的、独立的个体。

现在的我，乜还是算不上多么成熟，我的思想仍是稚嫩的，我的言语仍是苍白的，也许要等到多年以后，我才能够真正地读懂我的父亲，带着成熟完备的思想，才能与他进行更深入的交流。

但总而言之，我的父亲，是一位优秀的父亲，是一位尽职尽责的父亲。毫无疑问，他是世界上最爱我的两个人中的一位，他在全心全意地抚养着我，我也在全心全意地感激着他。

于是现在，我写了一篇短短的文章，叫"父亲"。

少年梦，中国强

曾经记得梁启超说过："少年强则国强，少年智则国智。"可我却要说，中华少年有梦想则中国的未来才会富强，中华少年有梦想则我们大好河山才将焕发出荣光。

我大声高呼，中国少年要努力去追逐梦想。让我们青少年趁着青春之时光，奋发有为，努力实现人生梦想。古时有苏东坡少年成才之先例，一门出三杰；有戚继光少年立志，英勇平倭寇；有元好问少年聪慧，名句传后世。作为90后的我，少年亦当如此，努力去追逐梦想，靠实力为中华争光。

我大声高呼，中国家长要尊重少年有新梦想。守护昔日中华之优秀传统，子承父业，可传承弘扬。但进入新时代，中华少年当建立千百年来从未有过的新梦想。可能老师和家长会感叹，如今孩子的想法不可思议、过于古怪。有的想做科学家，有的想当艺术家，有的想做工匠，还有的想去周游世界，可都被家长所制止。为什么要制止？古语讲，"三百六十行，行行出状元。"新时代少年怎就不能游于百行之中，成就未来我中国百行有英才，何尝不是千古之功！

　　因此我还要大声高呼，中华之少年要慎重挑选个人的梦想。少年强则中国强，我中华少年之未来关系着祖国的未来和兴衰，所以要深知自己天分在哪，将来何去，如我国著名运动员刘翔由跳远改练跨栏从而成为世界冠军，作为 90 后的少年，更应当主动发掘个人的才华和优势，去实现新时代个人的价值。

　　中华少年之梦想，关系着祖国的兴衰存亡，因此，作为新时代宠儿更应努力拼搏，去实现宏伟之梦想，让中华民族崛起于世界的东方，再创中华民族雄踞于世界的辉煌。

冬天的雪糕

以前的时候，我特别喜欢在冬天吃雪糕。

和我的小伙伴一起，俩人迎着冷风在雪地里奔跑，大笑着撒欢，然后又突然遛进小卖部，一人手里攥着一支雪糕，躲在角落里大口大口地啃，然后抖得像两只离了窝的鸟。

后来，我的这位小伙伴——整个小区中我唯一的朋友，搬走了。

冬天很常见，雪糕也很常见。只不过，少了一个吃雪糕的人。冬天的雪糕也没了那种味道。

现在，我已经不太喜欢在冬天吃雪糕了。

毛毛

我上小学的时侯，小区里有户人家养了一只狗，一只白色的萨摩耶，总是在下午领到我家附近的草地上放风，我每天放学的时候刚好可以看见。

从那时开始，我的书包里总会备上几根火腿肠，放学也不急着回家，总要去找那小狗玩一会儿。牵狗的是位老婆婆，熟了之后一见到我就会笑眯眯地打招呼，然后把这只叫"毛毛"的小狗唤到我这边来。之后的几个月里，我亲眼见到毛毛从一只反鞋大的白毛团子长成了一只半人高一米长威风凛凛的大狗，跟我十分要好，只要听见了我的声音，就会撒着欢地扑过来。

后来，我长大了，放学的时间逐渐推迟，我没有了找毛毛玩的机会。

又过了几年，一天晚上，我们一家人在小区里遛弯，我远远地看见一只萨摩，看上去年龄应该不小了，曾经洁白的皮毛泛着灰黄，松松垮垮地披在身上。我不由自主地喊了一声"毛毛"。它似乎是愣了一下，扭头看过来，我还没来得及确认，就被父母牵着往家的方向走去。离开前，我隐隐约约地听见牵着那只狗的一位年轻的新主人好像念叨了一句："奇怪，我怎么好像听到有人在叫你……"

以后，我再也没见过那只叫毛毛的狗。

恐婚

当我上初中时，我和父母说："我以后不想结婚，我想自己一个人生活。"他们笑了笑，说："你还小。"当我上高中时，我和父母说："我以后不想结婚，我想自己一个人过。"他们摇摇头，说："你不懂。"

直到现在，当我再次与他们说起这个话题，他们终于能够稍微重视一下，并且关于我是否精神出了什么问题展开过严肃讨论。

鉴于平日里根本没人会有耐心听完我的长篇大论，那就趁着这个来之不易的机会，我来好好解释解释这个话题。

首先，什么是"婚姻"？结婚的意义又是什么？

在老一辈人的眼里，结婚，就是一男一女，生孩子，过日子，拉拉扯扯一辈子，就是活着一起睡，死了一起埋，就是两位身份、地位、年龄相差不多的人，搭个伴生活。当然最重要的，自然就是传宗接代。

毫不客气地说，在当代社会，绝大多数结婚的人，最主要的目的就是要一个（或不止一个）子嗣。虽然说，繁衍是所有生物不可或缺的传承方式，但人类，作为有着寻常生物无法比拟的智慧的高等生物，你存在的意义，

如果只是为了繁衍，那和牲畜又有什么区别呢？我得承认，这话是偏激了些，但我只是想为那成千上万被抱怨被指责的没结婚没生孩子的女人们叫一声屈，不结婚犯法吗？不生孩子用坐牢吗？凭什么就非得被指着鼻子骂到抬不起头来。

时代的进步从未停歇，从远古社会到奴隶社会，又到封建社会，再到近代社会，人们的观念在不断改变。太多太多的世俗定律被逐一打破，那么我想，女人，就非得嫁人生子的老眼光，是不是也可以改改了？

现代的女人，已经完全可以实现人格独立，经济自主，不需要完全依附男人过活，所以，每个人都是属于自己的，那么关于结婚生子这种事，难道不是尊重个人意愿才是最重要的吗？

再来说一说，现在来看，关于结婚最重要也是最不重要的前提条件："爱情"，现代人的婚姻大多是以当前浓郁热烈的爱情及对未来的美好憧憬作为开始，然后共同筑造一个名为"婚姻"的美好小屋，但爱情的保质期并没那么长，一旦被消磨殆尽，"婚姻"就变成了枷锁，变成一个将两人绑在一起的凭证。当然，我是相信着，这世上是存在着那种不离不弃生死相依的幸福，但我完全没有自信觉得这种幸运能落到我的头上。

我见证过不少人的婚后生活，平淡，像一盘忘记搁盐的炒菜，生活的联系依靠着习惯，相处的动力大多是孩子。日子一天天过去，激情消失又弥漫着淡淡厌倦的婚姻，像束缚精神病人的紧身衣一样令人压抑。

我，对于未来，常抱着这样一种美好的幻想：一间屋子，不用太大，只有我一个人，也许再加上一只猫或一只狗，我可以自己去工作赚取足以养活自己的薪金而不用仰仗别人；我可以自己把屋子整理有序，不用担心是否会侵犯他人的隐私；我可以自由地安排自己的休闲时光而不用因为与别人意见相左产生争执；我可以自行赡养父母，尽我的全力去关爱他们而不用为了另一家子人劳心劳神。

"一个人挺好的"，我常常这么觉得，但能理解我的人不多。

"你这样会缺失很多幸福的！""没有孩子你怎么保障自己的下半生？""嫁不出去成了老姑娘，多丢人哟。""以后你让邻居街坊怎么看你爸妈？""你是不是精神有什么问题？""你该不会是同性恋吧？""我还等着抱孙子呢！""看不着你不结婚我死都闭不上眼！"……

我耐心劝导过，我大声辩解过，我苦苦哀求过。

我真的不想伤害任何一个人，可我真的不想委曲求全。

于是，在前往未知的未来道路上，我只能暂时依托幻想来麻痹自己，忘掉身上那层层叠叠的锁链，忘掉来自婚姻的恐惧。

只有闭上眼睛，我才能看见太阳。

一次触动

　　我总是喜欢去观察这世间百态，然后自己去尝试着从其中体悟出什么道理来。每当我经历过什么，都会在我青涩而稚嫩的思想中刻下或深或浅的印记。有时的一件小事，也会给我带来一次触动。

　　大概是几年前的一个秋天，在一座极其普通的农家小院内，我百无聊赖地坐在屋前的台阶上，听着身后屋里的长辈们拼酒拼得热火朝天，看着前方空地上几个打羽毛球的同龄人，失着神发着呆。

　　突然，一道黄色的影子掠过院门口，捕获了我的视线——一只黄色的半大土狗探头探脑地望向这边。它的出现很快引起了我们几个小孩的兴趣，几个调皮的男孩嬉笑着冲它丢石子、跺脚，因此还没等我靠近，那只狗就扭头跑走了，我跟另一个10岁大的小男孩跟了上去，发现它的主人大概就是小院隔壁的那户人家。我俩站在门口又是轻声呼唤，又是轻拍手掌，百般挑逗之下，它才再次怯生生从屋里探出头来，凑到我们的身边，嗅着我们的气味，慢慢地接受我们的抚摸，我们又是挠脖子，又是揉肚皮，没用上多久，我们三个就闹作一团。

　　在这期间，隔壁的那户人家一直没有人的声息，难不成是留这么个小不点看家吗？我有些疑虑，不过也没再多想。

看着小狗在我们身旁温顺地摇着尾巴，旁边的小男孩突然开口道："姐姐，要不我们把它杀掉怎么样？"我吓了一跳，但也没太伤心，只是半开玩笑地回他一句："那你可得准备好赔人家狗的钱啦。"他却毫不在意："没事，只要藏起来别被发现就可以了。""你……你怎么知道的？""老家的哥哥们告诉我的，把狗杀掉只要往草垛里一塞，或者往树上一挂，就没人能发现了。"他的脸上洋溢着单纯的欢喜，我却只觉得后脊发凉。

这个 10 岁大的小男孩，此时蹲在小狗的面前，兴奋地自言自语："只要按住它，再拿一块大石头砸在它头上，就完事了。或者……用别的……哈，我想到了。"他站起身来兴奋地跑开，我却觉得整个人陷入了僵直。身边的小狗似乎察觉到我情绪的不对，凑过来舔了舔我的手指，我心不在焉地有一下没一下地顺着它的皮毛，不住地在心里安慰自己：他还是个小孩子，他哪会懂什么杀生，小孩子

说说笑笑吹吹牛不是很正常吗。

他没多久就跑了回来，手里还拎着一根长长的硬塑料绳，不知道是从哪个垃圾堆里翻出来的。他一边将绳子扭成一个圆，一边招呼着小狗过去。小狗毫无防备地被引诱着把头伸进了绳环，男孩慢慢地，把手里的绳子收紧，我怔怔地看着，绳环与皮毛之间的空隙越来越小，恍惚中有种窒息感从脖颈处涌来。我再也忍不住，上前一把夺下绳子，又远远地丢开，转过头来轻轻拍了一下男孩的脑袋，僵硬地弯起嘴角："好啦，不要闹啦。怎么说也是一条生命。再说了，要是它挣扎起来，把你挠伤咬伤，那可怎么办呢？"半是哄半是劝，男孩撇着嘴，也没说什么。我又瞥了眼蹲在脚边显然并没有意识到刚刚发生了什么的小狗，低低地叹了口气。

过了一会儿，那男孩又去颠颠地把绳子捡了回来，我看见之后，便不动声色地把小狗拢进自己的保护范围。

他又凑过来，没再说什么奇怪的话，只是继续和我一起逗弄着小狗，气氛仿佛回到了最初的和谐。不多时，我注意到男孩把绳子绑在小狗的一条后腿上，我张了张口，到底是没说什么，自暴自弃地想着：行吧，就当是系条装饰，总比勒脖子上强吧。可就在我一慌神的功夫，男孩突然发作，拽着绳子把小狗一下子拎了起来，离地半米高。狗懵了，我也懵了，一声暴喝脱口而出："放下！"男孩被我吓了一跳，手一松，小狗狠狠地砸在地上，好在不高，但它也受到了不小的惊吓，哀号一声窜回到了自家屋里。我站在门口，隐约还能听见小狗的呜咽与来回撕扯什么的声音，大概是想把腿上的绳结给弄下来。我听见身后的小男孩遗憾似的叹了口气："真遗憾，让它跑掉了，真是的，刚才再举高点好了……它大概是不会再出来了，姐姐我们回去吧。"我呆呆地站在门口，呆呆地听着屋里小狗的哀鸣，呆呆地应了一声："啊……"

回自家小院的路上，我思索良久，最终还是没有忍住，去问向那男孩："你为什么想去杀掉那只小狗呢？""因为好玩！"他这样回答，带着纯真的笑脸。

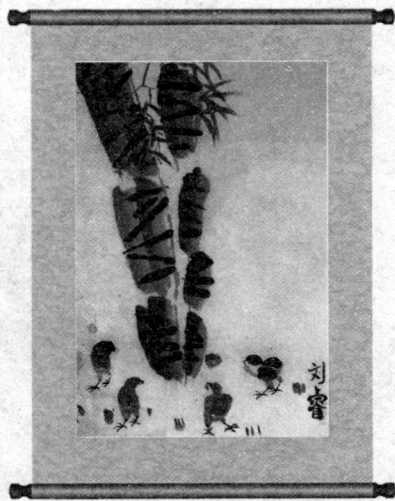

我听见自己用平静的声音继续问道："那你喜欢小动物吗？""喜欢啊。""为什么呢？""因为好玩！"我扭过头，紧紧地盯着他："也就是说，你不会在意它们是生是死，只要它们的存在对你来说是'好玩'的，那就足够了，对吗？"他有些困惑地望着我，似乎是很难理解我话中的深意，最后笑嘻嘻地、满不在乎地点了点头。我不知道该说些什么，最后我选择了沉默，再也没有说些什么。

　　这是很多年前的事了，但时至今日，我依旧能十分清晰地回想起这件事，每一次的回想，都会带给我触动，让我想起儿时看到地关在瓶子里的蚱蜢，系在绳子上的蜻蜓，锁在笼子里的蝈蝈……只是单纯地为了快乐。如果是这样，那我和男孩又有什么区别呢？我又能以什么立场来评判那个男孩呢？

　　久久地望着窗外，失着神。

　　目光所及之处，还是一片鸟语花香。

来一场说走就走的穿越

——古风小说篇

一本书，就是一个世界。

读一本书，就是一次穿越。

我以一个游客的心态，去探求那未知的世界。

我到了一个世界，四处走走看看，我看到了黄半仙正倚坐在桂树下，靠着那只小鹿，捧着本书，时不时笑眉眼弯弯。殷家离就坐在另一侧，呷一口梨花白，翻一页书，再掐上一把小黄黄白嫩的脸颊，然后大笑着看这张与自己九成相似的面孔皱成包子。司徒和辕列在不远处过招，你来我往不分胜负。木凌捧着一盆烤乳鸽，吃的满手满脸的油，还不忘给比武的两人煽风点火式的助威，旁边的秦望天只有无奈的笑，捧着一杯的吃食还不忘拎张帕子，预备着随时帮忙擦手擦脸。远处的蒋青似乎是累坏了，倚着那只叫作"嗷呜"的白沙虎甜甜地睡着了，身边的敖晟赶紧扯下自己的外衫，小心翼翼地盖到身上，然后偷偷摸摸地蹭过去，把那人搂在怀里。每个人都发自内心的幸福着，那是一种怎样的美好。

我又到了一个世界，四处走走看看，我看到了在辉煌们里，纪无敌又在口无遮拦地胡诌八扯，袁傲策有些

头痛地坐在身边，想点哑穴使其闭嘴却又下不了手，只能揉着眉心。早已司空见惯并习以为常的左斯文右孔武非常镇定，内心毫无波动甚至一人在翻看账本一人在擦拭兵器，在尚鹊钟宇两位堂主再一次一同出门做任务后，夏堂主终于开始反思为什么自己永远是那个被留下来看家的。而在雪衣侯府里，气氛明显和谐多了，薛灵璧神色淡淡地落下一子，然后输掉了自己的第三局棋，对面的冯古道抱着臂笑意盈盈，却在听到"晚上再比过"之后拉下脸来。今天繁忙的宗总管依旧在烦恼着该怎么跟薛小公子解释两位长辈总在练的"功"到底是什么，栖霞山庄的端木回春还在耐心劝说着姬妙花把脸上的白粉卸下来。花淮秀还是不长记性，又在樊霁景手里吃了瘪，可面对那一张憨厚的笑脸，一肚子气根本撒不出来。陆青衣越来越懒散，居然在晚饭后散步的途中睡过去了，最后还是程澄城认命地背了回来，其实两人都差不多习惯了。

我就这样，漫无目的地走着，看着，我还看到了很多。

我看到白少惰又在拆招时输给了封龙，愤愤地拿过"屠龙"刀就要往人身上比画，让苦笑着的封龙一把夺下。

我看到了君书影一边指点着两个麟儿的武功，一边打落从身后不安分地摸过来的爪子，结局是再一次被楚飞扬扛回了屋。

　　我看到沈千凌乖乖巧巧地窝在秦少宇的怀里学着记账本，一群呆傻萌二的暗卫围着小凤凰献殷勤并纷纷表示："今天的少主依旧那么帅气逼人"，非常没有原则。

　　我看到了太多太多……

　　他们不再是素净的书页纸上方正分明的字，他们，已然成了在另一个世界上有血有肉、会哭会笑的独立生命。

　　读他们的故事，就像是参与进了他们的人生，经历他们的喜怒哀乐，悲欢离合，品味着那种现实世界中不曾有过的幸福。

　　一本书，就是一次穿越之旅的门票，我总会找一个空闲的、放松的时机，带着兴奋与热情，打开它。

　　在下个世界，我又会，看到什么呢?

　　（文章中涉及的小说内容来自以下几本小说：《黄半仙＝活神仙》《好木望天》《晟世青风》《神算国相爷》《朽木充栋梁》《败絮藏金玉》《有珠何需椟》《繁华映长空》《蝙蝠》《扬书魅影》《江湖遍地是奇葩》）